ANDRÉ MAROIS

D1152454

Accidents
de parcours

la courte échelle

Les éditions de la courte échelle inc.
5243, boul. Saint-Laurent
Montréal (Québec) H2T 1S4
www.courteechelle.com

Directrice de collection:
Annie Langlois

Révision:
Andrée Laprise

Conception graphique de la couverture:
Elastik

Dépôt légal, 3ᵉ trimestre 2006
Bibliothèque nationale du Québec

La courte échelle reconnaît l'aide financière du gouvernement du Canada par l'entremise du Programme d'aide au développement de l'industrie de l'édition pour ses activités d'édition. La courte échelle est aussi inscrite au programme de subvention globale du Conseil des Arts du Canada et reçoit l'appui du gouvernement du Québec par l'intermédiaire de la SODEC.

La courte échelle bénéficie également du Programme de crédit d'impôt pour l'édition de livres — Gestion SODEC — du Gouvernement du Québec.

Catalogage avant publication de Bibliothèque et Archives Canada

Marois, André

    Accidents de parcours

    2e éd.

    (Livre de poche; 8)
    Publ. à l'origine dans la coll.: Roman 16/96. c1999.

    ISBN 2-89021-861-9

    I. Titre.

PS8576.A742A72 2006   C843'.54   C2006-940682-0
PS9576.A742A72 2006

Imprimé au Canada

À Lyne.

Le livre de la Bretagne

Voisin voyeur

La Corinne et le Mathias sont partis ce matin.

Ils se sont payé un taxi jusqu'à la gare. On imagine la suite : TGV, RER, avion et puis je ne sais quoi, là-bas. Un autre taxi, un bus, voire un train. Peu importe.

Ils ont confié leur clé à Mme Le Scoarnec, notre voisine. Je dis « notre », car sa maison est située entre la leur et la mienne. Trente mètres me séparent d'elle, et vingt de plus pour atteindre la demeure des Le Bihan. Ce sont des distances idoines pour entretenir un bon voisinage. Ni trop proche ni trop loin. On peut profiter de notre tranquillité sans risquer de crever seul à la suite d'une malencontreuse chute sur le gravier. À mon âge, ces détails sont fort appréciables.

Je les ai observés, comme à l'accoutumée, avec les grosses jumelles qui ne me quittent jamais.

Elles pendent à mon cou, prêtes à se braquer telle une arme que l'on porte sans cesse en bandoulière. Je vois les coups venir, les gens marcher, les merles dans leur nid. La proximité ne m'intéresse aucunement. Je suis un homme du lointain, de l'inaccessible. Je veux voler l'intimité du monde, chaparder la vie lorsqu'elle se croit incognito. C'est un bien que je m'approprie. Sans gêner ni nuire, je possède des centaines d'instants dérobés, inscrits dans la mémoire du disque mou de mon cerveau. Des premiers baisers et d'autres coupables, des amours en plein air, des déchirements, des naissances, des râles aussi. Je suis le spectateur assidu d'un grand film muet. À moi d'inventer les dialogues, d'imaginer les pépiements, d'apprécier le sens d'un froncement de sourcil, la portée d'un geste.

Je peux l'avouer, je ne suis qu'un misérable guetteur, cachant son obsession sous la bonne conscience de l'observation de la nature, plus particulièrement celle des oiseaux. C'est vrai que ceux-ci ont justifié l'achat de mon instrument rapprochant.

Je me souviens si bien de ma première sortie, de mon espionnage de ce couple de rouges-gorges. J'étais fasciné, j'ai frissonné et mon regard a dévié pour se poser sur ce garçon qui tirait au lance-pierre sur les fenêtres du presbytère. Il n'en a pas fallu plus. La scène a aussitôt agi à la façon d'un catalyseur, piquant mon âme et la pervertissant. Chaque nouvelle séance de lorgnette ne fait qu'accroître ma dépendance. Je suis drogué au voyeurisme, sans intention de décrocher.

Revenons à nos voyageurs. Tout le monde au village sait qu'ils sont en partance pour le Canada. Cela fait déjà trois mois que la Corinne en a glissé un mot au facteur. La nouvelle a circulé à la vitesse de la tournée à bicyclette de ce vieux Raymond, autant dire sans excès de vitesse et avec beaucoup de parlotte. Une vraie concierge. C'était justement le jour où je recevais mon magazine *Nids et Oiseaux*. J'ai donc eu l'information en primeur. Le soir, chacun était au courant. Le fait intéressant n'était pas qu'ils allassent en vacances chez nos cousins d'outre-Atlantique. Non, ce qui a suscité moult commentaires est leur décision d'échanger leur maison contre celle d'un couple de Montréalais.

Ça, c'était inattendu.

Non pas qu'on ait été surpris par leur choix. Connaissant le Mathias et ses goûts un peu originaux, son « sens de la différence », on s'attend un peu à tout avec lui. Ce n'était pas la première fois qu'il se distinguait. Et vu qu'il est aussi un peu pingre, c'est tout bénéfice ; il économise sur la location. Mentalité de fonctionnaire.

Ce qui a stupéfié le village, c'est que la Corinne accepte de prêter sa baraque à des inconnus. Elle qui se soucie tant de son intérieur et de ses apparences, ça a laissé pantoise la petite communauté de Ploërdou. Le Mathias a dû la travailler au corps pour la convaincre. Et Dieu m'est témoin qu'il ne l'entreprend pas plus souvent que le rythme des saisons. Je n'ai pas pu en faire état dans mes commentaires. Je l'avoue, je suis trop souvent à deux doigts de la gaffe. J'ai tellement de mal à garder tous mes secrets juste pour moi… tant de superbes ragots sont ainsi gâchés. Je dois me surveiller, crever l'abcès de l'envie en racontant mes découvertes à mes poules. Ça me soulage de les narrer à des êtres vivants, et je suis certain qu'elles ne vont pas moucharder.

Je m'égare. Vous comprenez combien j'étais impatient d'observer le passage des clés, de scruter le visage tendu de la Corinne, l'allure faussement décontractée du Mathias avec sa moustache de pacotille. Cela s'est déroulé presque comme je l'avais prévu.

Ils souriaient d'un air niais, écoutant les derniers conseils de Mme Le Scoarnec, lui expliquant qu'ils avaient coupé l'eau et que tout était clairement détaillé sur un papier posé sur la table de la cuisine. Je ne lis pas sur les lèvres, mais je parierais que la Corinne a établi une liste de recommandations longue comme un jour sans pain. Quant au Mathias, je me demande s'il a laissé son gros ordinateur en place. Il a dû le verrouiller avec un cadenas et le recouvrir d'un linge mortuaire. Ce type est un maniaque du rangement.

Les Canadiens doivent débarquer demain soir. Je ne peux pas rater cela.

On ne sait rien sur ces deux-là. Un couple dans la trentaine ou la quarantaine qui viendrait en France pour la première fois, et voilà tout. Pourquoi avoir choisi la Bretagne ? Aucune idée. Il paraîtrait qu'ils sont entrés en contact avec la Corinne et le Mathias de façon assez singulière. Ils auraient adressé une annonce au syndicat d'initiative de Vannes et le Mathias l'aurait vue un jour qu'il farfouillait pour découvrir des prospectus sur quelques vieilles pierres que lui et son épouse n'auraient pas visitées dans la région. C'est une maladie chez lui, il faut qu'il se cultive la tête. Il a sans doute peur d'avoir l'air aussi bête qu'il l'est en réalité. Monsieur entretient sa façade de professeur d'histoire-géo au collège. Si ce n'était que de moi, il y a longtemps que sa vraie nature serait dévoilée.

Je suis pressé d'écouter l'accent des deux touristes, fort et amusant, comme celui de Robert Charlebois. On ne comprendra rien et probablement qu'eux non plus. Vont-ils s'acclimater aisément au pays du cidre ? Bah ! on va tâcher de les accueillir avec classe.

J'irais volontiers causer avec Mme Le Scoarnec, histoire de connaître ses impressions, mais je préfère attendre qu'elle ait rencontré les nouveaux arrivants pour avoir un aperçu plus complet de la situation.

Après-demain, je vais lui apporter un chou-fleur, ça me fera une bonne excuse pour lui rendre visite. Ils sont beaux en cette période et je ne peux pas tous les manger. En pleine saison, c'est chaque fois le même problème, on finit par en jeter. Il y en a trop. Il faut dire que le chou-fleur tous les jours, ça écœure. J'en congèle un peu, sauf que c'est encombrant. Je pourrais aussi en donner un aux Canadiens. Il paraît que là-bas ils disent bonjour au lieu d'au revoir, alors pourquoi ne pas leur adresser un *kenavo* d'adieu en guise de *welcome*. C'est bizarre d'inverser ; probablement l'influence des Anglais.

En attendant, je ne veux louper pour rien au monde l'arrivée des vacanciers. Demain, je vais rester là, à mon poste d'observation n° 1 dans le grenier, l'endroit idéal pour épier sans être repéré tout ce qui peut bouger chez ma voisine. J'ai tiré un gros fauteuil près du vasistas et je peux y passer des heures, les pieds sur un petit tabouret et les coudes posés sur les accoudoirs. Ce n'est pas qu'il s'y passe d'ordinaire grand-chose, mais là…

1er juillet

Josée

Je ne le crois pas ! On est partis. L'avion n'avait pas de retard et je n'ai même pas eu de bouffées de chaleur au décol-

10

lage. C'est toujours pareil : on se dépêche, on s'énerve, on a hâte. Au bout du compte, on ne sait plus si, oui ou non, on va l'avoir ce repos.

Quand je me suis assise dans mon siège, c'était le bonheur total. J'avais le goût d'une bière, mais je me suis dit que nous allions en Bretagne. Pour notre premier voyage en Europe, à Pierre comme à moi, j'ai eu envie de boire du champagne. Du vrai ! Histoire de souligner l'événement, de s'imprégner à l'avance des délices alcoolisés que le monopole de la SAQ nous impose au prix du caviar.

Pierre était déjà plongé dans les revues françaises trouvées à bord. Autant dire que ce n'était plus la peine d'essayer d'entamer la conversation. Le typique gars dans son monde. Des fois, j'ai l'impression qu'il se dope aux nouvelles fraîches. Sans elles, il tomberait d'inanition. Dans les pommes, le gars. À moins que ce ne soit un truc pour ne pas m'adresser la parole. Ça vaut mieux que de s'énerver à tort et à travers. C'est selon : ou je suis trop envahissante, ou c'est lui qui est trop renfermé. Je dirais un peu des deux, histoire de démarrer ce voyage sur une base saine.

Je me suis rendu compte que je n'avais pas emporté un seul livre. Moi, la plus grande liseuse à l'est de la *Main*, je n'avais pas le moindre bouquin de poche à dévorer. Pas une miette, pas un chapitre, pas une virgule à livrer à mon appétit littéraire. Un comble, mais pas un drame. Pour une fille qui pense à tout, ça prouve que j'étais assez bouleversée par ce départ. Je n'aurai qu'à piger dans le stock de Pierre.

J'observais la nuit. Je m'imaginais en train de flotter dans une mer bleu azur. Je songeais à toutes nos vacances aux États. J'en avais plus qu'assez. Trois étés dans le Maine, deux à Cape Cod, un en Floride, un autre à Cape Hatteras. Je ne sais pas à combien est l'eau là-bas, mais elle sera forcément plus chaude que sur ces plages. Qu'est-ce qu'on a pu grelotter ! Il n'y a qu'en Floride que c'est supportable, sauf que l'ambiance quétaine et les grosses bedaines des

Québécois sont comprises dans le forfait. Une semaine plongée là-dedans et j'avais hâte de revenir à Montréal. Un comble !

J'ai sorti la photo de la maison de nos hôtes. C'est bizarre qu'ils aient tant tardé à nous l'envoyer. On avait l'impression qu'ils ne voulaient pas la montrer. On ne voit pas grand-chose sur le cliché, un peu trop vu de loin, de haut. Quoi qu'il en soit, ça ressemble davantage à une villa qu'à ma cabane au Canada.

— Tu comptes écrire dans l'avion, pour t'avancer ?

Pourquoi cette question à Pierre ? Pourquoi oser l'interrompre en tapotant sur le gros nez d'Eltsine en première page de son magazine ? Histoire de jaser, rien de plus. Il s'est contenté de hausser les épaules.

— Je sais, j'aurais mieux fait de me taire, ai-je conclu.

J'avoue que c'était d'une idiotie rare, lui rappeler qu'il devait travailler pendant nos vacances. Pour remettre sa traduction à notre retour, il n'avait pas le choix, à part celui de rester à Montréal. Une chance que nos Bretons sont abonnés à Internet. Pierre a laissé son ordinateur ouvert et il a fait je ne sais quel branchement pour réussir à le consulter depuis la Bretagne. Quelques disquettes, un code d'accès et le tour est joué d'après ce qu'il dit. Je hais l'informatique.

Ensuite, j'ai préféré ne plus proférer d'âneries.

J'ai songé aux deux Français qui devaient en être au même point que nous, quelque part dans le ciel entre Mirabel et l'aéroport Charles-de-Gaulle. C'est assez spécial : on va se croiser à l'aller comme au retour, on va loger chacun chez l'autre, sans jamais se rencontrer. Cette idée d'échange est excitante. Pour une fois que Pierre admet trouver de bons articles dans les magazines féminins que j'achète et qu'il lit en cachette. C'est lui qui a lancé la proposition, même si c'est moi qui ai insisté pour les trois semaines. On sera de retour le 21 juillet. Pierre nous a déniché un bel échange, je le reconnais. Il méritait de s'endormir dans son siège, le nez collé sur la poitrine siliconée de Lara Fabian — page 47.

J'étais si énervée que j'ai repris trois coupes de champagne avant de pouvoir fermer l'œil.

2 juillet

Voisin voyeur

Ils sont arrivés à 20 h 08, dans une Opel Corsa rouge. Ils ont à peine eu le temps de descendre de leur voiture que Mme Le Scoarnec était déjà dehors à les accueillir. Elle avait l'air aussi énervée que s'il s'agissait de ses propres enfants de retour d'un voyage au Congo. Je dis ça, mais elle n'a pas d'enfants, à part un lointain petit-neveu qui n'est jamais venu la voir. Encore un qui va se souvenir de ses origines bretonnes le jour où il héritera de la maison de sa tata. Sale jeune !

Donc, les Canadiens sont là. La femme avait l'air fatiguée. C'est une belle fille dans la trentaine avancée, blonde, mais pas trop. Un joli corps qui sent la gymnastique hebdomadaire, un gentil minois, des yeux qui pétillent. Elle semblait toute fébrile, bavarde comme une pie. Lui, il a plutôt l'air de pratiquer le chewing-gum, vu qu'en sortant de la bagnole, il mastiquait tel un cow-boy moyen avec ses mâchoires nerveuses et musclées. Un grand échalas pas très épais et dégarni, habillé sans fioritures, dans les marron et gris. Il a la tête familière d'un de mes cousins, je ne me rappelle plus lequel. Ça me reviendra.

Ils ont papoté dix minutes, et ma voisine leur a remis les clés. C'était le moment de quitter le grenier pour rejoindre mon poste d'observation nº 2, dans le petit bois derrière chez le Mathias. C'est touffu et facilement abordable par le chemin qui longe le fond de mon jardin, les pieds à l'ombre des choux-fleurs. Il n'y a pas de fauteuil généreux, mais je peux m'allonger dans l'herbe. J'apporte toujours une petite couverture avec moi, histoire de stopper l'humidité qui ruine mon rhumatisme.

Le jour était encore très clair. Je me suis dépêché. J'étais obnubilé par l'idée de la découverte de ces nouveaux êtres que mes jumelles n'avaient jamais détaillés. Je dois avouer ici que la maison du Mathias et de la Corinne est ma préférée parmi toutes celles que j'espionne. C'est une vieille bâtisse qu'ils ont totalement retapée et transformée. Ce qui est unique dans le coin de Ploërdou, c'est la salle à manger-salon du bas, s'ouvrant sur une immense baie vitrée. Ailleurs, toutes les bâtisses n'ont que de minuscules fenêtres décourageantes pour ma curiosité. Chez les Le Bihan, je peux m'introduire dans leur quotidien d'une façon minutieuse.

La chambre se trouve à l'étage et ici non plus aucun volet ne vient gêner mon regard. Les courbes de la Corinne n'ont plus aucun secret pour moi et j'ai souvent pesté contre le Mathias, en le voyant s'endormir près d'elle sans l'effleurer. Les vieux couples gâchent le plaisir. Ce n'est pas quand ils auront soixante-dix piges qu'ils vont baiser, c'est aujourd'hui qu'il faut en profiter. Il n'est pourtant pas impuissant, car le soir où ils ont loué un film porno, il l'a renversée sur la table basse au salon, et elle ne s'est pas fait prier pour tendre son popotin. Le problème, c'est que des cassettes X, ils en louent maximum deux fois par an. J'ai intérêt à bien surveiller, si je ne veux pas les rater.

Je concède un léger faible pour la Corinne. Bon sang ! ils doivent se rendre compte que c'est ça le bonheur, et non Proust. Ça devrait leur donner envie de remettre les couverts. C'est bien connu : plus on le fait et plus on a envie de recommencer, tous les pères de famille nombreuse vous le confirmeront. Mais non, ils prennent leur pied en passant des soirées entières plongés dans des livres chiants. Ces intellos gâtent tout. C'est moi qui suis le plus frustré, finalement.

Je me suis donc embusqué sous mon arbre préféré et j'ai

patienté. Le temps était sec et mes reins n'ont pas crié pitié. La Canadienne est apparue la première, pieds nus, dans la chambre. Elle a posé une valise sur le lit et a rejoint son mari dans le salon. Elle jacassait sans arrêt, pendant que lui se contentait de hocher la tête, en photographiant tout de ses yeux perçants. Un instant, il a observé le petit bois juste dans ma direction. J'avais l'impression qu'il me voyait. J'aurais été allongé sur le ventre à son côté que j'aurais eu la même sensation. Caché sous mon buisson, c'est impossible ; personne ne peut détecter ma présence.

L'action s'est ralentie. J'ai senti qu'ils étaient rattrapés par le décalage horaire. Ils ont débouché une bouteille de vin, ont disparu dans la cuisine, puis ils sont montés dans la salle de bains. C'était le moment que j'attendais avec le plus de curiosité.

À poil, la Canadienne est fort désirable. Des seins fermes, des fesses honorables, un sentiment général globalement positif, aurait dit le camarade Marchais. Lui, bof, genre maigre mou, pas grand-chose à ajouter. Ils se sont couchés et elle s'est endormie instantanément, alors qu'il a continué à remuer et à se retourner. Sûrement un inquiet, du genre de tous les maigrelets que j'ai pu observer.

Je suis rentré chez moi en faisant un détour pour ne pas marcher près de chez Mme Le Scoarnec. Elle dort habituellement à cette heure-là, mais on n'est jamais trop prudent. Ne nous fions pas aux lumières éteintes, ni aux apparences, je suis bien placé pour le savoir. Ce serait bête de gaspiller une telle occasion de reluquer en me faisant voir revenant du poste d'observation n° 2.

Demain, j'irai dès l'aube. Je ne veux pas manquer le lever de ma princesse du Canada. J'aime quand les gens sont encore gauches, engourdis, tout ralentis. C'est mieux que n'importe quelle *pin-up* de magazine. Ça va vous chercher dans les entrailles, ces merveilles matinales. Ça réveille de vieux souvenirs de dentelles avec ma Yolande et de photos d'Arletty qu'on matait en cachette pendant le service militaire. Je suis vieux jeu, je sais. Je m'en fous. Ce n'est pas à mon âge que l'on change ses goûts. Au mieux, on les peaufine. Au pire, on les exagère. L'élan du désir se forge à la puberté, et c'est ainsi. On passe le reste de sa vie à la recherche des émois initiaux. On bande toujours plus fort en pensant à notre jeunesse qu'à nos rides. Je dis cela, bien que personnellement, il y a bien dix ans que mon membre n'a plus daigné manifester la moindre raideur. L'ingrat vermisseau. Je ne lui en veux pas, c'est un vétéran. Il a travaillé fort jadis. Il mériterait presque une médaille.

C'est fou ce qu'une nouvelle visite dans le voisinage peut me rendre guilleret. Je me sens un jeune homme, ce soir. D'ordinaire, je fais des rêves à cette heure-ci, et là je crapahute dans le noir, je me prends pour un louveteau. Mon existence terrestre a encore de l'avenir, ce qui me ravigote le moral. Pardi !

3 juillet

Voisin voyeur

La journée a vraiment mal débuté, je m'en veux trop ! Il suffit que je me couche un peu plus tard que d'ordinaire, et me voilà incapable de me lever avec mes poules. Résultat des courses, j'ai émergé à 8 heures. Moi qui d'habitude ai le nez dans mon bol de café à six ! J'ai foncé au poste d'observation n° 2 et j'ai vu le Canadien qui était déjà debout. Il inspectait la bibliothèque du Mathias et de la Corinne. Il le faisait avec ordre et méthode, sortant un livre et le remettant avec précaution à sa place. Ça lui a pris un quart d'heure au maximum. Soit il cherchait un volume, soit il ne connaissait aucun des titres en place, soit je ne sais quoi, vu qu'il s'est détourné de l'imprimé pour farfouiller dans les disques. Ses yeux de rapace semblaient tout passer au scanner. La boulangère a surgi alors dans sa camionnette, en klaxonnant un peu plus fort que d'habitude. Elle savait que les Le Bihan avaient levé le camp et elle voulait s'assurer que sa clientèle de passage compenserait son chiffre d'affaires. Le Canadien a sursauté, il a jeté un œil dehors et il est sorti pour voir ce qu'elle voulait. Il a acheté une baguette sans faire la causette à la vendeuse. Tel que je connais la Lucie, elle devait être pas mal frustrée.

Je reprenais tranquillement mon souffle dans le reste de rosée matinale, en pestant, car j'étais parti si vite que j'avais oublié mon tapis de sol. Ce n'est pas le moment de s'enrhumer. Lui, il vaquait à ses affaires. Je me suis demandé si j'avais manqué l'épisode clé qui aurait éclairé ma lanterne. Je l'ignore.

C'est un sujet opaque, je dirais. Je veux dire par là que je ne le saisis pas encore très bien. Ça arrive quand on guette une espèce inconnue. On a parfois besoin de trouver le filtre approprié à intercaler entre lui et sa rétine. Je ne parvenais pas à faire la netteté sur lui. Il est à la fois vif et lent et me rappelle un merle inspectant un jardin. Toujours aux aguets, furetant de-ci de-là. Quoiqu'il ait une allure inoffensive ; sorte de petit oiseau sans grande envergure.

La Canadienne est descendue et elle a fait une drôle de tête quand elle est arrivée dans la cuisine, semblant presque avoir peur. Après, ils ont repris leur inspection des livres, des disques, ils ont regardé les tableaux accrochés aux murs. Je ne comprenais pas ce qu'ils mijotaient. Il y a là un truc que je ne pige pas. J'espère que je ne suis pas tombé sur deux autres intellectuels, parce que ça risque vite de devenir chiant, excusez le mot.

Ils ont discuté, il a ri, et elle l'a regardé bizarrement, comme si elle le voyait pour la première fois.

Peut-être que mes chers voisins ont une collection de bouquins pas ordinaires. Des livres bizarres, de la littérature cochonne, des romans finlandais ou des traités sur le nazisme. Des trucs qu'on ne trouve pas au Canada. Là, sincèrement, je n'ai pas la réponse. Ça appelle un examen plus poussé. Je compte bien jeter un œil lors de ma visite prochaine.

Après cela, rien à signaler. Ils sont allés se promener au village et je les ai croisés sur la place, sortant de chez le Marcel, le bar-tabac. De près, ils ressemblent à ce que j'en ai vu de loin. Je préciserais juste que la Canadienne doit être un peu plus âgée que lui, autour de la quarantaine. Lui, il a vraiment une tête et un regard à faire de la photographie.

Le reste de la journée a été calme. Ils se sont couchés tôt et j'ai été bien content de pouvoir rentrer chez moi pour me reposer. Je ne voudrais pas qu'il m'arrive deux fois de suite la même histoire. J'ai mis mon réveil, pour la peine.

Je me suis endormi en me remémorant les événements matinaux. Ce qui a fini d'épuiser mon vieux corps.

3 juillet

Josée

Ce matin, quand je me suis réveillée, le lit était vide et froid à côté de moi. Je suis descendue et je n'ai vu personne. Par contre, ça sentait bon le pain frais. L'odeur venait de la cuisine ainsi que la voix qui m'a accueillie avec un accent français :

— Alors, Josée, tu as fait de beaux rêves ?

J'ai eu la frousse. J'ai fait un pas en avant et j'ai découvert Pierre qui déjeunait ! Je ne l'avais pas reconnu, pas avec cette articulation inhabituelle. J'ai vraiment cru qu'un étranger avait pris sa place. Ça paraît bizarre, mais bon, je devais encore être dans mes rêves.

Je l'ai traité de tous les noms. Je me suis fait avoir.

Il m'a raconté que la boulangère passait chaque matin en

camion et klaxonnait jusqu'à ce que ses clients sortent. D'où la tartine de baguette fraîche longue comme le bras qu'il s'engouffrait. Je me suis précipitée dessus avant qu'il n'y en ait plus. J'étais affamée, et cette façon de démarrer la journée m'a paru tout simplement divine. À ce régime-là, je vais prendre dix livres pendant notre séjour.

— Tu n'as rien remarqué, hier ?

— Oui, l'odeur de tabac froid, omniprésente. On va aérer, sinon je meurs.

Pierre m'a montré le salon. Une espèce de grande pièce magnifique, avec vue sur une forêt. Toute la maison est décorée avec goût. C'est parfait. À côté, notre petit appartement sur le Plateau va leur paraître bien minable. À moins qu'ils ne le trouvent « typiquement nord-américain ».

J'ai suivi la direction de son index et j'ai repéré la même affiche de Hooper que l'on a dans notre escalier, *Nighthawks*, *Les rôdeurs nocturnes* ou *Les oiseaux de nuit*, c'est selon. On avait vu le tableau au Musée des beaux-arts de Chicago et je l'avais adoré. C'est une scène de nuit dans un restaurant au coin d'une rue ; quatre personnes installées au bar, chacune paraissant seule. C'est devenu un classique, mille fois copié et parodié. Je ne m'en lasse pas.

— C'est drôle, j'ai fait.

Pierre s'est levé et il m'a entraînée avec lui.

— Suis-moi. Tu n'as pas tout vu…

Il m'a montré la bibliothèque. Ça n'avait pas de bon sens. Au début, j'ai reconnu un titre, un autre, puis un troisième. Les deux tiers des livres étaient identiques aux nôtres ! Je tremblais. C'est moi qui achète la plupart des bouquins. Pierre se fie à mes goûts et préfère emprunter à la bibliothèque pour ses recherches de traducteur. Je suis naïve, bien sûr, je crois donc que je découvre des auteurs, des ouvrages rares, alors que je lis les mêmes critiques dans les mêmes magazines que des milliers de francophones. Un leurre entretenu. J'ai besoin de cultiver mon jardin secret. C'est un tel bonheur de trouver un truc qui vous fait dresser les poils sur la peau. Imaginez le choc : j'avais un double en France. Quelqu'un ici, l'homme ou la femme, cultivait des passions littéraires identiques aux miennes : des polars français et américains, des romans aux Éditions de Minuit, la collection complète de Boris Vian, plus tous ces ouvrages uniques, sélectionnés avec lenteur après des dizaines d'heures à parcourir les librairies de Montréal. Ma mâchoire s'est décrochée. Pierre en a profité pour me porter le coup fatal.

Nous sommes passés aux disques. Le scénario était une reprise plan par plan. Chanteurs, groupes de France et du Québec : les similitudes continuaient d'une façon criante. Ils avaient même mon disque préféré, celui de Richard Desjardins au Club Soda ! J'ai lâché un *Fuck !* interloqué.

Il y avait encore une collection de *Géo*, le bouquin sur Gaudi que Pierre m'avait offert à Noël, une sérigraphie de Hugo Pratt que j'adore, et j'en passe. Hier, je m'étais contentée de survoler la pièce du regard, trop fatiguée pour entrer dans les détails. Là, je me suis attardée sur chaque chose et j'en connaissais deux sur trois. C'est bien la peine de venir si loin pour être si peu dépaysée. J'étais sidérée.

Pierre m'a contemplée en souriant. Et il a repris son accent français.

— Nous avons également le même ordinateur et le même parfum.

Il était épeurant.

Je me suis rassurée en pensant que ce devait être normal, vu que nous sommes nés dans les années 1960. C'est logique de se retrouver avec tout le kit de notre génération.

C'est sans doute ce qu'on entend par culture globale et mondialisation. Ça appelle la standardisation. On persuade les gens qu'ils sont uniques et on leur vend la même cochonnerie sur tous les continents. Belle leçon d'humilité.

J'imaginais les Français chez nous, à Montréal, faisant de même en découvrant nos livres, les trucs sur les murs, les disques, le Hooper. Ils devaient être probablement aussi dérangés ou vexés.

J'ai demandé son avis à Pierre. Il souriait.

— Ce sont sans doute nos frères et sœurs jumeaux.

Ce n'était pas drôle. Son ton ressemblait à celui qu'un de mes cousins prenait pour nous terrifier le soir en nous racontant des histoires de peur.

Ensuite, on a relaxé. Promenade à pied au village, où tous les habitants nous dévisageaient sans gêne. On doit être les premiers Québécois qu'ils observent de près. On s'est offert notre premier apéritif au petit bar sur la place. Ils ont un accent prononcé, mais certains mots sont aussi universels que mes lectures. Pastis, par exemple.

Les maisons sont en pierres grises et usées. Les toits en ardoise. J'adore. Il y a une atmosphère de film d'époque. Ça sent le vrai vieux, pas la reconstitution trop propre. On a été accrochés par ce décor naturel. Ce qui est amusant, c'est la petitesse de leurs moyens de transport : les autos, les mobylettes, les tracteurs et les camions ont l'air conçus pour des nains. Lorsque j'ai vu une deux-chevaux surgir sur la placette, j'ai balancé un grand coup de coude à Pierre. Ça roule encore, ces antiquités ! Les routes sont pleines de voitures de cette époque.

Après, on est rentrés et on a fait des plans pour demain. Quoi visiter, voir l'océan. Le décalage nous a rattrapés. Pierre est monté se coucher en me lançant une dernière réplique avec sa nouvelle voix :

— Bonne nuit, ma poule !

J'ai encore sursauté. Premièrement, je déteste qu'on me traite de poule et deuxièmement, je ne savais pas qu'il était si doué pour les accents.

Voisin voyeur

Ah, je vous jure, je me suis lancé dans un véritable marathon. Je me lève à l'aube, je me couche à des heures de fêtard et, entre les deux, je galope. C'est que je n'ai pas envie d'en perdre une miette, de mes deux Canadiens !

C'est pour moi une expérience inédite : observer *in vivo* un couple d'étrangers qui évoluera durant vingt et un jours dans notre petit village. Dame, ce n'est pas demain la veille que se représentera une occasion pareille. Jusque-là, j'ai surtout espionné des gens que je connaissais plus ou moins, j'avais des repères. Je côtoie la plupart depuis près de soixante-dix ans, sauf les plus jeunes, bien sûr. Quoique pour ces derniers, c'est pire : je les ai vus grandir, faire leurs premières conneries, j'ai vu leurs poils pousser, leurs seins gonfler, pointer et s'affaisser. On parle toujours des cousins à la mode de Bretagne. C'est loin d'être la vérité. Pourtant je pourrais être leur grand-père adoptif à tous, dans le sens où je les ai adoptés à leur insu. Une sorte de patriarche à progéniture variable. Je ne suis pas comme la mère Le Scoarnec, moi, j'ai des enfants : deux fistons. Maintenant qu'ils travaillent et vivent à Rennes, j'ai largement le temps de me consacrer à ma famille locale, entre chacune de leurs visites. Il faut compenser !

Mes touristes préférés ont été partis toute la journée, mais je n'ai pas osé m'éloigner, de peur de louper leur retour. J'ai improvisé un poste d'observation volant dans mon jardin, binant et rebinant mes patates et tout le potager. Les oreilles aux aguets et les jumelles à portée de main. Mes plantations n'ont jamais été aussi bien entretenues, on dirait que l'équipe de tournage de *La main verte* va débarquer d'un instant à l'autre.

Donc, journée d'attente. La Canadienne conduisait visiblement pour la première fois une voiture avec une boîte de vitesses manuelle. Ça secouait fort quand ils sont passés devant chez moi et l'embrayage en prenait pour son grade, mais elle a réussi à ne pas trop le massacrer. Au retour, c'est lui qui était au volant.

Ils avaient l'air tout heureux, discutant. Elle se serrait contre lui. Moi, ni une ni deux, j'ai lâché mon manche pour le poste n° 2. Sans oublier au passage mon matelas.

À mon arrivée, je l'ai vue en bas, à rêvasser en sirotant un verre. Lui demeurait invisible. Il devait prendre une douche. Ensuite, il est arrivé dans la chambre et une chose m'a frappé : sa tenue. Il avait enfilé la grande robe de chambre du Mathias. C'était étrange de suivre cette masse blanche en déplacement dans la maison, telle une âme errante. Comme un fantôme dans la nuit. Elle l'a rejoint dix minutes plus tard. Visiblement, la nouvelle tenue de son homme l'a amusée. Elle a même touché le tissu, avant de glisser sa main dessous. Le Canadien a esquissé un signe de lassitude, indiquant par là qu'il était trop fatigué pour la bagatelle. Allons donc ! Une petite baise ne fatigue pas son homme, au contraire, ça le ravigote ! Elle n'a pas insisté et il s'est couché aussitôt.

Elle est redescendue, a regardé encore ces mystérieux bouquins, mais elle ne les a pas touchés.

À l'étage, rien ne bougeait. Le Canadien devait ronfler. Elle a fini par monter s'étendre à son tour. Je suis rentré quand j'ai été sûr qu'elle n'allait pas se relever.

Il y a une sorte de flottement dans l'air. Un je-ne-sais-quoi qui me tient en haleine. Vous comprenez pourquoi je ne peux pas perdre une virgule de leur présence. J'ai la prémonition que le dépaysement est en passe d'exciter leurs sens.

En attendant, moi demain, je ne vais plus tenir debout.

Josée

La journée a bien commencé, par une franche rigolade. Pierre a essayé de m'apprendre à conduire manuel. Toute une expérience !

Pour commencer, il faut peser sur la pédale d'embrayage pour pouvoir passer une vitesse. Le plus dur, c'est au démarrage. Parce qu'il faut en même temps accélérer doucement. Et quatre tentatives sur cinq, j'ai raté. Moteur arrêté. Retour au neutre, première, etc. Quand j'avais coordonné mes mouvements, j'oubliais de desserrer le frein à main. J'avais l'impression d'être handicapée, incapable de faire deux choses différentes avec chaque pied.

Pierre a été très patient.

En route, il faut sans arrêt changer de vitesse et j'avais peur de mettre la marche arrière. La *renverse* disait mon père. J'ai réussi à créer le premier embouteillage à Ploërdou. Ils n'avaient jamais vu cela. Ça jasait ferme devant les portes.

Au bout d'un moment, c'est nerveux, je suis partie à rire. Et Pierre, qui devait cacher sa peur de me voir envoyer l'auto dans un fossé, s'y est mis lui aussi. J'ai freiné n'importe comment, je me suis stationnée sur le bord de la route et j'ai ri pendant au moins cinq minutes. Tellement que j'ai fait pipi dans ma culotte. J'ai débarqué, c'était trop tard.

Et quand Pierre s'est installé au volant, il a poussé un cri en sentant l'humidité sous ses cuisses. J'ai recommencé à rire de plus belle, mais toute seule. Il m'a traitée de pisseuse.

Ah, ça soulage. Toute cette tension du voyage, la fatigue, il fallait que cela sorte d'une façon ou d'une autre. Après, on se sent mieux, vidé de toutes ses angoisses. Ils devraient soigner les gens de cette façon, en les envoyant au festival *Juste pour rire*.

Je n'ai pas reconduit de la journée, sauf que, avec Pierre, on a programmé une leçon par jour jusqu'à ce que j'y arrive parfaitement. Je suis capable. C'est une simple affaire de pratique et de concentration. En tout cas, le prochain coup, j'ai promis de placer une serviette sur le siège. Je n'ai pas envie de passer mes vacances dans une auto qui sent la toilette pas propre. Ça gâcherait le paysage.

On a visité la plage et il faisait tellement chaud que je me serais volontiers baignée. En fait, j'ai eu un choc en arrivant sur le sable, en apercevant toutes ces femmes à la poitrine nue. C'est bête, mais j'ai eu un réflexe de protection ; je me suis caché les seins. Pourtant, elles ne semblaient pas gênées, de l'adolescente à la quinquagénaire, chacune exhibait fièrement ses attributs. Pierre paraissait amusé par le spectacle. Moi qui affirme ne pas être prude pour un sou, je me suis sentie coincée. Question de culture ? Du coup, je n'ai pas essayé mon nouveau monokini noir.

On a mangé une crème glacée. Une glace, comme ils disent ici. On s'amuse à les écouter. Eux aussi, visiblement, mais ils sont fins. Quand quelqu'un remarque notre accent, chaque fois, c'est du genre :

— Ah des Canadiens ! J'adore les Canadiens !

— Céline Dion, elle habite à Québec ou elle réside à Hollywood ?

Venir si loin pour se faire parler de Céline Dion, c'est un peu déprimant, je l'avoue. Je n'en sais rien, moi, où elle reste.

Quelle image on projette ! Des faux Français un peu Esquimaux qui sortent de l'hiver trois jours par an pour voter « non » à un référendum et boire du sirop d'érable. Les clichés ont la vie dure.

Ce voyage est vraiment passionnant. Je n'imaginais pas me retrouver si loin et me sentir presque chez moi. C'est une drôle de sensation. J'aime.

Dans une semaine au plus, je conduirai mon Opel aussi bien que Jacques Villeneuve. Juré, craché.

Le soir est arrivé.

Pierre est monté se doucher et se coucher. Je suis restée à rêvasser. J'ai ouvert une bouteille au hasard, choisie pour sa forme originale. Je m'en suis versé un petit verre et j'ai bien aimé. Ça s'appelle de la Suze, c'est un peu amer, jaune et vraiment délicieux — une découverte.

Je ne sais pas si c'est l'effet de la gentiane, une racine qui donne son goût à la Suze, toujours est-il que j'ai eu envie de baiser. Ça faisait plusieurs jours qu'on ne l'avait pas fait, trop fatigués sans doute. La perspective d'une nouvelle chambre et d'un autre lit a dû ressusciter ma libido.

Je suis montée, pour découvrir mon Pierre dans un grand peignoir blanc qu'il avait décroché dans la salle de bains. Il avait l'air de flotter dans un manteau d'hiver trop large pour lui. Je me suis un peu moquée, rien de méchant. Mon envie a guidé ma main dans l'entrebâillement du tissu.

— Qu'est-ce que tu veux ?

Je lui caressais les cuisses et il m'a sorti ça, méchamment. Je n'ai rien répliqué, je me suis collée un peu plus contre lui. Il n'avait pas d'érection.

— Je t'ai posé une question, non ?

Il s'exprimait de nouveau avec cet accent français qui m'a tout coupé. Mes doigts frôlaient son sexe et je ne suis pas allée plus loin. Je me suis détournée, déconcertée et vexée. Il s'est vaguement rattrapé.

— Je suis fatigué. J'ai besoin de dormir. N'insiste pas, je ne serais bon à rien.

Je suis redescendue. Le coup de la migraine, il me semblait que c'était réservé aux femmes. À quoi il joue, là ? Depuis notre arrivée, il navigue entre deux états opposés. Il est sympa, puis distant. Il devient amer, impatient, revient à une humeur acceptable. On est en vacances ou non ? Je prie pour que ça se stabilise. Je l'aime trop cet homme. Ça fait sept ans qu'on vit ensemble et je n'ai nul désir de recommencer ma vie à zéro.

Pourquoi la referais-je, d'ailleurs ?

Pierre a régulièrement des sautes d'humeur. C'est un ange qui vous traite d'ordure sans prévenir. Mais ça ne dure jamais. Il se reprend, s'excuse. Jusqu'à la prochaine pique. On dirait d'une femme qu'elle a son SPM. Chez un homme, ça n'a pas de nom. Un besoin mâle de s'affirmer, je dirais. Se prouver qu'on est le *boss*.

Dans ces moments-là remonte ce sentiment de culpabilité, enfoui quelque part au fond de moi. La mauvaise épouse qui n'a pas su donner un enfant à son mari. Je dois passer à autre chose. Je n'ai plus l'âge de me morfondre, ni d'enfanter sans risques. Et puis, Pierre m'a répété un milliard de fois qu'il ne tenait pas à une descendance. Ce qui m'étonne, mais ça paraissait vrai. Sauf que maintenant, ce malaise revient périodiquement. Je ne suis pourtant pas la seule femme au monde à ne pas être devenue mère. Ce n'est pas de ma faute si Dame Nature m'a refusé son permis de reproduction.

Je pensais ainsi en regardant les auteurs inscrits sur le dos des volumes dans la bibliothèque : Fante, Echenoz, Perec, Goodis, Steinbeck, Harrison… de vieux copains qui m'ont réchauffée les soirs de blues.

Et pourquoi Pierre a-t-il adopté cet accent ? Je déteste ça.

5 juillet

Josée

Les hommes sont les champions de l'hypocrisie.

Quand Pierre s'est levé, il n'a pas mentionné notre soirée. Pas un mot non plus sur ma face tristounette. Les deux mains enfoncées dans les poches de ce peignoir qu'il paraît avoir définitivement adopté, il m'a débité le strict minimum.

— Il faut que je travaille ce matin. Je n'ai même pas vérifié l'ordinateur. Tu n'as qu'à aller te promener si tu veux.

J'arrêterai vers midi et on ira à la plage. OK ?

Il m'a accordé un bec, vite déposé dans mon cou. Je n'ai pas répliqué. Il n'y avait rien à ajouter. Je dois être lâche, moi aussi.

La baguette fraîche a en partie compensé cela. La boulimie est l'amie des mal-baisées : je l'ai lu un jour dans le *Journal de Montréal*. Depuis, je surveille ma ligne deux fois plus, je jalouse les maigres et imagine leurs ébats nocturnes interminables. Demain, j'irai faire une petite course à pied dans la campagne, ça fera fondre mes complexes.

Un café à la main, j'ai feuilleté les albums de photos des Bretons. Les souvenirs habituels de Noël, de voyage à Venise (j'imagine que c'est banal pour des Européens), de mariages d'amis. On ne voit qu'elle sur les clichés, c'est immanquablement lui qui photographie. Je n'ai découvert qu'un exemplaire de la tête du mari, sur un portrait de famille où il se tient près d'elle. Assez mignon, sauf les moustaches, je ne suis pas sûre d'aimer le style. Ils ont notre âge. Ils semblent de vrais Bretons pure laine, avec des origines lointaines. Il faut avouer que leurs noms sont du coin : Corinne et Mathias Le Bihan. Je me demande à quoi ressemblerait une rencontre de nous quatre. Vu qu'on a les mêmes goûts en tout, on risque de ne pas avoir grand-chose à s'apprendre. Le consensus, ça noie l'existence.

J'ai décidé de partir dans le petit sentier derrière, faire un tour dans la forêt, histoire de m'aérer l'esprit, de m'apaiser. J'en avais besoin.

En chemin, j'ai rencontré un vieux monsieur sympathique. Il m'a d'abord sorti un mot anglais avec une prononciation terrible, en désignant ses grosses jumelles.

— Birde-vatchingue.

Avant que j'ouvre la bouche, il avait deviné qui j'étais et m'apostrophait en anglais. J'ai joué le jeu.

— Hein ? Ah oui, *birdwatching*. Vous observez les oiseaux. Il doit y en avoir de beaux par ici.

— Ça oui, des spécimens assez particuliers, surtout chez les migrateurs.

Je l'ai questionné sur les diverses espèces. Il m'a fixée avec une telle intensité que je me serais presque laissée aller à raconter mon blues à cet inconnu. Je me suis contenue.

— C'est vous, le couple qui vient du Canada ?

— Oui, on est québécois. On prend nos vacances chez les Le Bihan. Nous avons échangé nos maisons.

— Je sais. C'est petit ici, le village est au courant de tout. Enfin, presque.

— Au fait : les gens parlent français au Québec.

— Ça aussi, je sais, a-t-il répliqué en souriant. *Birdwatching* est l'unique mot anglais que je connaisse et je n'ai jamais eu l'occasion de le placer dans une conversation. Je me suis dit que vous deviez être bilingue, donc c'était parfait, non ?

La réplique ne manquait pas d'humour.

— Il faut travailler votre prononciation.

Je lui ai appris à mieux articuler son unique *english vocable*. On a jasé en marchant. Il habite un peu plus loin, la maison après celle de Mme Le Scoarnec. Il m'a proposé de m'apporter un chou-fleur demain matin. Je ne supporte pas l'odeur quand c'est cuit, on dirait du vomi. J'ai répondu que ça me ferait plaisir. Il ne pouvait pas dissimuler sa curiosité. J'ai pensé qu'il devait être mort d'envie de rencontrer aussi Pierre. Après, il m'a conseillé une balade, et on s'est laissés là. Charmant bonhomme. Je me sentais au chaud avec lui. Heureuse de constater que les hommes sont moins compliqués en vieillissant. Il me regardait droit dans les yeux, j'avais l'impression qu'il me trouvait à son goût. Il faut que je me surveille, je commence à vouloir séduire l'âge d'or.

À mon retour, Pierre m'a demandé mon avis sur une page qu'il venait de finir. Il doit traduire un roman d'un Canadien qui vit à Edmonton. L'auteur ne porte pas les Québécois dans son cœur et Pierre gueule parfois tout seul, car il ne peut pas non plus trahir le texte. Je n'avais pas l'esprit à la littérature, mais je l'ai pris comme un signe de détente. J'ai écouté, en me permettant quelques commentaires sans grande portée.

— Tu as raison, il faut que le style soit plus fluide. Il faut vraiment que je m'y mette tous les jours, sinon je perds le fil et je dois tout relire. Demain, tout ira mieux, a conclu Pierre.

J'ai décodé ses dernières paroles comme un message. Je lui ai raconté ma rencontre avec le vieux voisin et il n'a pas réagi. Je me suis forcée à rester de bonne humeur.

— Bon, on part! On mangera au bord de la plage, et c'est moi qui conduis, ai-je lancé.

— OK, pou…

Il avait repris son nouvel accent, mais mes yeux noirs lui ont intimé l'ordre de s'arrêter. Il n'a pas insisté, récupérant sans broncher son parler habituel.

— Viens-t'en. Tu chauffes et moi, je décompresse.

J'ai souri, heureuse de ce retour à l'humour. Je ne le sentais pas véritablement «guéri», mais il y avait malgré tout du mieux.

5 juillet

Voisin voyeur

Là, je dis… contact avec l'étrangère réussi. Mais, ouh là là! j'ai eu peur de tout gâcher, de me précipiter en jeunot. Que je vous explique. Je m'étais levé de bonne heure pour surveiller le réveil de mes deux bizarres. Après la soirée, j'étais curieux pour la suite des événements. Et en fait, calme plat. Ils se lèvent, petit bisou du Canadien, quelques phrases échangées et la vie continue. On voit qu'ils doivent avoir ce type de rapports depuis longtemps. Difficile de juger ce genre de comportement.

Je me souviens d'avoir vécu une expérience similaire vers la trentaine, avec la Yolande, ma très regrettée épouse. On avait eu nos deux fils, on vivait paisiblement, et l'habitude ou la lassitude avaient fait qu'on ne faisait guère l'amour. Ça s'espaçait tranquillement. À l'époque, je travaillais au chantier naval et elle, le mardi et le vendredi, elle aidait un poissonnier au marché. Un soir, je lui fais une réflexion de mari jaloux et, par provocation, elle ne dément pas. Je savais qu'elle ne me trompait pas, on s'aimait trop, et c'était une personne tellement droite et de bon caractère. N'empêche que le soir, au lit, juste pour tâter le terrain (si je peux me permettre cette expression quelque peu triviale), je remets le poissonnier sur le tapis. Et ma Yolande en rajoute dans ce sens, genre sous-entendu salace. Rapidement, on s'est rendu compte que ça nous excitait. À tel point, qu'on a fait l'amour tous les soirs de cette fameuse semaine, en tartinant chaque fois plus sur le marchand de poissons.

Le dimanche, on a décidé de tout mettre à plat, franchement. On s'est confié des choses qu'on ne s'était jamais avouées, rapport au sexe et à comment on le faisait. Il faut comprendre que l'on s'était épousés à dix-sept ans et que, ni l'un ni l'autre, nous n'avions touché d'autres partenaires. Bref, ça nous a donné un coup de jeune dans notre mariage. On n'a plus mentionné le marchand de poissons, mais son fantôme a continué de nous rendre visite entre les draps.

Tant que cela peut éviter un divorce, moi j'encourage les choses bizarres dans l'intimité. Ça apporte du piquant.

Pour en revenir aux Canadiens, leur séance de la veille ressemblait à un vieux couple en perte de libido. Chacun son karma, dirait ma bru, la Sophie, la femme de mon aîné, le Claude. Un bon poissonnier leur pimenterait le quotidien. Je devrais pouvoir organiser le coup sans trop d'efforts, car dans le coin, une personne sur cinq est en contact plus ou moins étroit avec nos amis les habitants de la mer. Mais une fois de plus, ce serait enfreindre mon devoir de non-ingérence dans la politique intérieure de mes foyers sous observation.

Ils ont donc entamé cette journée sans grand intérêt. Pour moi, je précise. Ensuite, il est monté à l'étage et je ne le voyais plus. Il devait être dans le bureau du Mathias. Elle, elle a farfouillé dans les albums de photos et sans crier gare, elle s'est levée et elle est sortie. J'attendais calmement qu'elle apparaisse à droite, en direction du village, quand elle a surgi sur le chemin à gauche, droit sur moi ! J'ai vite amorcé une marche arrière pour battre en retraite et je me suis ravisé. Je tenais là une trop belle occasion de la rencontrer par hasard. J'ai roulé mon tapis de sol, je l'ai dissimulé au milieu d'une touffe d'orties et allons-y.

Je lui ai fait le coup classique du pépé amoureux de la nature. Ça marche chaque fois, spécialement avec les jeunes. Elle a mordu à l'hameçon sans même chercher à palper l'asticot, hop, direct, je n'avais plus qu'à ferrer.

Je l'ai trouvée fort charmante, avec un délicieux accent et une nature plutôt simple telle que je les aime. On a discuté en marchant, en vieux amis. On s'arrêtait de temps à autre, et je la dévisageais, afin d'inscrire chaque détail de sa figure dans mon fichier cérébral. Honnêtement, je l'ai sentie fragilisée, j'ai cru qu'elle allait me raconter sa soirée. Mais je divague. J'espionne leur vie privée et je me permets d'anticiper.

N'empêche…

Toujours est-il que je me suis lancé avec mes choux-fleurs. J'ai dit la vérité, en fait. C'est vrai que ces jours-ci, ils poussent plus fort que des champignons de Paris. Je ne pourrai pas les manger tous. Elle a gentiment accepté que je leur en apporte un demain. J'ai hâte de voir l'autre gugusse de près. Elle, franchement, elle m'a vachement plu.

Je n'ai pas non plus trop insisté, je me suis esquivé et je suis rentré chez moi. Là, je bouillais en sachant que je ne pouvais pas ressortir et retomber sur elle dans le bois. J'allais perdre des bouts de leur histoire ! Heureusement, leur voiture est passée pas très longtemps après devant la maison. Elle était au volant et lui, il mastiquait, la vitre ouverte. Je me suis rendu compte que je ne lui avais pas demandé son nom, ni ne m'étais présenté. Je ne suis qu'un vieux singe mal élevé. Mal léché.

Josée

Je ne sais pas comment Pierre fait. Moi, chaque matin, ça me prend une heure pour émerger. Je suis dans les draps chauds, je n'ouvre pas les yeux, je me rendors. Je dérive entre deux niveaux de conscience. J'ai l'impression que cela pourrait durer une éternité, surtout en vacances. Plus de sonneries matinales, de radio-réveil aux nouvelles démoralisantes et aux animateurs à l'humour douteux. Seulement le silence, l'indolence, le bonheur. Quand je me montre avant dix heures, un *feeling* amer me lève le cœur. À la manière d'une violence que je m'infligerais — j'évite. Et ce matin, c'était parfait.

Pierre, c'est le contraire. Les réveils trop tardifs le mettent de sale humeur.

— Je perds mon temps dans un lit. La vie est courte, il faut la remplir jusqu'à la gueule, l'admirer, en profiter. Je jouis éveillé et debout, moi. Une grasse matinée me gaspille une journée complète. Je pense à toutes ces minutes perdues, à ce néant, et ça me met à l'envers. En plus, je ne me souviens d'aucun de mes rêves... Vivement qu'ils inventent la pilule antisommeil !

Ce genre de propos m'afflige, bien que j'y sois habituée. Il n'a qu'à avaler des amphétamines avec des gallons de café et cesser de m'infliger son humeur massacrante.

Enfin, tout ça pour expliquer que ce matin, Pierre était debout dès l'aurore, tapant sur le clavier de l'ordinateur. C'est silencieux son métier. S'il avait été violoncelliste, je crois que j'aurais demandé le divorce dès la première semaine de vie commune. Au moins, il me laisse en paix lorsque je dors et je ne le vois pas ruminer ses idées noires. L'informatique n'a pas que des aspects négatifs, je suis forcée de l'admettre.

Après mon lever tardif, j'ai erré dans la maison. Finalement, je me suis souvenue du titre d'un livre. J'ai aussi ce bouquin à Montréal, mais je ne l'avais jamais ouvert. Ça fait partie de ces incontournables que j'achète régulièrement dans les librairies d'occasion pour parfaire ma culture et réduire ce complexe d'infériorité que je développe, face à toute personne ayant eu l'intelligence de continuer ses études après le cégep. C'est donc un de ces ouvrages qui nous sont communs avec les Le Bihan. Dans le genre classique, on ne fait pas mieux : *Les lettres persanes,* de Montesquieu. Instructif et révélateur. Deux Persans décrivent Paris de leur point de vue d'étrangers. On se rend compte, 250 ans plus tard, que les mentalités n'ont pas beaucoup évolué.

Si quelqu'un, par hasard, apprenait à la compagnie que j'étais Persan, j'entendais aussitôt autour de moi un bourdonnement : Ah ! ah ! Monsieur est Persan ? C'est une chose bien extraordinaire ! Comment peut-on être Persan ?

Comment peut-on être Québécois ? J'avais l'impression d'écouter les commentaires des touristes parisiens qui nous questionnaient, hier, lors de notre visite du calvaire de Guéhenno. Rien ne change. Ou si peu. Et quand notre vieux voisin a sonné avec son chou-fleur dans les mains, ça ressemblait à du Montesquieu :

Les habitants de Paris sont d'une curiosité qui va jusqu'à l'extravagance. Lorsque j'arrivai, je fus regardé comme si j'avais été envoyé du ciel : vieillards, hommes, femmes, enfants, tous voulaient me voir.

Remplacez Paris par Ploërdou, et vous y êtes.

Je ne suis pas gentille avec Fernand. Je peux l'appeler ainsi, puisque c'est la première chose qu'il m'a dite.

— Excusez-moi, je ne me suis pas présenté hier matin. Fernand Vilard. Vous pouvez vous contenter de Fernand tout court, ça fait moins protocolaire.

— Entrez, monsieur Fernand Toucourt. Moi, c'est Josée Lachance.

Il a souri. Mon nom s'y prête. Héritage d'un lointain aïeul qui a gagné un quelconque gage, ou d'un chanceux marin rescapé d'un naufrage. J'imagine.

Je lui ai proposé un café. Je suis montée prévenir Pierre de la visite. Il a chialé sans se retourner, me lançant que je le coupais en plein élan. Il a fini par promettre de descendre dans une demi-heure. Merci pour le privilège !

On a jasé avec Fernand, de tout et de rien. De lui, du village, de son jardin, des oiseaux, des Français, des Québécois. C'est surtout moi qui parlais, car il n'arrêtait pas de poser mille questions. Je n'avais rien à cacher et je sentais que ça lui faisait tellement plaisir. Je ne voulais pas brimer sa curiosité. Il ne doit pas y avoir tant d'étrangers dans les alentours.

Pierre a surgi, silencieux, l'air drôle. Il a salué en maugréant je ne sais quoi, avant de daigner s'asseoir avec nous pour le café.

Peu après, il a failli tout gâcher, l'imbécile !

6 juillet

Voisin voyeur

Pas évident, ce contact avec le dénommé Pierre, le Québécois d'à côté. Je ne dis plus le Canadien, car j'ai compris que ce mot était *persona non grata* dans la conversation. C'est simple, ils ne l'utilisent pas. Quand je l'ai prononcé la première fois, ils ont tous les deux sursauté. Comme si je les injuriais. Ah ! les susceptibilités culturelles sont tenaces. Moi itou, je me suis longtemps défini comme Breton de sang et Français par raison. Mais ma fibre nationaliste s'est émoussée lentement. Le FLB ne fait plus sauter les préfectures et Alan Stivell a pris quelques rides. Ça reviendra sans doute un jour. Ces choses-là sont cycliques.

Ce matin, je me suis donc pointé tel que promis. J'étais assez fier de mon chou-fleur gros comme un ballon de basket. Josée m'ouvre, on se présente, elle m'offre un café et on papote. Plus curieux qu'un inspecteur du fisc, je la bassine avec mes questions. C'était sympa. Elle est technicienne dans un laboratoire de recherche médicale.

Cette fille est vive, franche, directe et elle possède le sens de l'humour, ce qui n'est pas à négliger en cette période de sinistrose aiguë.

Et voilà l'autre qui descend, la gueule enfarinée. Elle m'explique qu'il travaille, qu'il est traducteur et qu'il doit terminer un boulot avant la fin des vacances. Il va l'envoyer à Montréal par Internet. C'est tout simple ! Cette histoire d'informatique, je ne cherche même pas à piger. Bientôt, on voyagera dans le temps et personne n'y trouvera à redire. Sauf moi. Le Pierre s'assied et il se tait. Pas un mot pendant cinq minutes, ce qui fait que j'avais vraiment la désagréable sensation de déranger. J'étais l'intrus, pressé d'évacuer les lieux.

Ce que je n'avais pas remarqué avec mes jumelles, c'est sa moustache. Elle paraît nouvelle, ça lui donne un air plus sérieux. Josée avait l'air de la voir pour la première fois et elle lui en a fait la réflexion. Du genre : « Tu as décidé de laisser pousser tes moustaches ? » Rien de plus, sans malice, ni mauvaise intention décelable à son ton. Je tiens à expliquer qu'il n'avait aucun motif de lui répondre de la façon dont il l'a fait. Ce mec a un sérieux problème. Il s'est mis à lui gueuler dessus : qu'elle n'avait qu'à se mêler de ses affaires, qu'il n'en avait rien à foutre de ses petites réflexions de merde, qu'il en avait plus que marre de son attitude, etc. Le grand jeu pour pas grand-chose, avec un accent fort de chez eux, marqué, parfois difficile à suivre. Je me suis réfugié derrière ma tasse de café pendant tout ce temps. Finalement, il s'est relevé, s'est excusé auprès de ma pomme et il est remonté en nous rappelant qu'il devait bosser, lui. Ça n'a pas duré deux minutes. Après sa sortie, l'ambiance sentait le soufre. D'ailleurs, ça piquait tellement le nez que Josée avait les larmes aux yeux. Charmante entrée en matière.

Je me suis levé, mais elle m'a proposé un ultime café. J'ai senti qu'elle avait besoin d'exorciser l'épisode précédent. De toute façon, j'aime raconter ma vie à des jeunes femmes charmantes. La conversation a redémarré, laborieusement, sautant d'une idée à l'autre sans aucune logique. Du coq à l'âne et au rhinocéros, en passant par les castors, la chasse à l'orignal, la pêche au saumon et les séries télévisées.

Des propos vachement débridés.

Josée a repris du poil de la bête. Moi, je louchais en direction des rayonnages de la bibliothèque. D'où j'étais, je ne pouvais pas lire les titres sur les livres. J'ai prétexté une visite aux WC pour tenter de grappiller quelques indices au passage.

J'ai marché au ralenti, exagérant à l'extrême la faible vitesse due à mon âge. Devant les livres, j'ai décodé tout ce que j'ai pu à la dérobée. Sans mes jumelles, je suis un handicapé. J'ai malgré tout repéré un Jules Verne en dix volumes, *Les possédés* de Dostoïevski, quelques policiers d'un dénommé Goodis, *Le parfum*, *Le Petit Prince*… et ce fut tout. Ceux-là, je les ai reconnus, car les titres étaient gros. Les autres, ce sera pour la prochaine visite. Je n'étais pas plus avancé.

Il n'y avait rien de visiblement étrange. Tous les ouvrages semblaient provenir d'éditeurs d'ici. Aucune parution bizarre à l'horizon. Et pas de quoi se comporter tel qu'ils l'avaient fait. Pourquoi iraient-ils se pâmer devant Jules Verne ou je ne sais quel livre de poche vendu à des millions d'exemplaires ? Il doit y avoir une autre explication qui m'échappe pour l'instant.

À mon retour, Josée lisait. Je lui ai demandé ce que c'était, et elle m'a montré la couverture : *Les lettres persanes,* de Montesquieu. Je ne vois pas non plus ce qu'il y a de scabreux là-dedans. Je l'ai laissée avec ses Iraniens et j'ai hâté le pas pour revenir chez moi, récupérer mes jumelles. Bilan de la visite : un mari désagréable, trois cafés légers qui n'ont pas modifié d'un iota mon rythme cardiaque et une jeune Québécoise qui savoure un classique. J'ai failli regretter mon chou-fleur géant. Mme Le Scoarnec, elle, aurait apprécié la taille du légume à sa vraie valeur.

Avant que je rejoigne mon poste d'observation n° 2, j'ai aperçu leur voiture qui démarrait. Pierre au volant, Josée à ses côtés, déchiffrant une carte Michelin. L'instinct touristique avait repris le dessus.

La journée s'est poursuivie, morne.

Ils sont rentrés tard dans la nuit. J'ai reconnu le bruit de l'Opel dans mon demi-sommeil d'espion de quartier. Quand j'ai une nouvelle filature en cours, je ne dors que d'une oreille, et personne d'autre au village ne roule dans une bagnole allemande.

7 juillet

Josée

On dirait qu'il ne me supporte plus, comme s'il avait une maîtresse. Il voudrait divorcer qu'il ne s'y prendrait pas autrement. C'est un jeu double : l'homme que j'ai toujours connu devient torve, insaisissable.

Encore hier, quand il m'a crié après dans cette espèce de joual que, soi-disant, il déteste. Je n'en croyais pas mes oreilles. Et en auto, il repart sur l'accent français. J'ai réagi.

— Qu'est-ce que tu as ? Pourquoi fais-tu ça ?

— Quoi, « ça » ?

— Tu le sais très bien, Pierre. Ta nouvelle façon de parler, ton attitude, tout… Ne joue pas l'innocent.

Il a vaguement souri et il a enchaîné.

— Je n'y peux rien, tu sais. Je suis une éponge. J'entends un accent, et aussitôt je peux le reproduire. C'est plus fort que moi. Je crois que je vais prendre des cours de breton.

— N'importe quoi.

— Tu as tort. C'est la vérité.

À la différence des jours précédents, il n'a pas cherché à se rattraper ou à s'excuser. Il a continué sur son élan, plaçant çà et là des « putain, c'est loin », « bordel, il va avancer ce connard », « mate la gonzesse », « j'ai la dalle, on s'arrête casser la croûte ? ». Je l'ai laissé s'amuser. Il se lassera avant moi. Devant un vrai problème, il lâchera un gros « hostie ! » du fond du cœur. Les sacres, ça ne s'oublie pas, c'est trop profond.

C'était pourtant fascinant notre balade. Les alignements de Carnac, le ciel gris menaçant de nous arroser d'une minute à l'autre. Un temps couvert, quasi idéal pour l'ambiance mystérieuse enveloppant des dizaines de menhirs placés en file indienne dans un grand champ par une bande d'Obélix mystiques. Pierre, plongé dans ses guides, gardait l'information pour lui, marchant vite d'un coin à l'autre. Il semblait envoûté et marmonnait dans ses nouvelles moustaches. Je l'ai même surpris posant son front contre une pierre, les yeux fermés. Il m'avait carrément oubliée, plongé dans la contemplation de roches posées là par on ne sait qui, des milliers d'années avant Jésus-Christ. Il avait l'air incapable de partager cet instant.

À notre départ, le ciel s'était dégagé et je lui ai proposé de faire un court détour pour se baigner. Il a fait la moue et m'a dévisagée comme si je lui avais proposé un souper gastronomique chez McDo. Il m'a renvoyé l'image d'une conne qui ne pense qu'à s'exhiber sur une plage, alors que monsieur envisageait un arrêt dans un village réputé pour sa chapelle romane. J'ai capitulé, par crainte d'une nouvelle crise.

— OK pour l'église. Après tout, je m'en fous. C'est l'été.

— Si tu aimes tant te baigner, il y a des piscines à Montréal et tu n'y vas jamais, que je sache. Alors que des petits trésors d'architecture et d'histoire, on n'en rencontre pas au coin de chaque bloc. Sorti du Vieux qui n'a pas plus de 350 ans, le Québec ressemble au désert des Tartares. On a bien les autochtones, sauf que, côté vestiges archéologiques, ils ne se sont pas sur-passés. Par contre, les Celtes, c'est une autre dimension. Tu savais que la plupart des fêtes chrétiennes sont directement issues de la tradition celtique ? L'Église a préféré changer les noms et conserver les dates, plutôt que de perdre ses fidèles. Et les…

— Je sais, merci. Ici, nous sommes au bord de l'océan. C'est la Bretagne, pas les Laurentides.

— Je n'avais pas remarqué. Tu n'auras qu'à te tremper les fesses demain, pendant que je travaillerai.

— Je n'aime pas me baigner seule.

— Invite un indigène. Je suis sûr que les Bretons vont flasher sur tes petits seins, ma poulette. Raconte-leur que tu es la cousine de Carole Laure.

— Tu n'as pas mieux comme comparaison ?

— C'est un compliment. Les Français ne bandent plus sur les lolitas. Ils craquent pour celles au physique de femmes mûres. C'était un sondage dans *Marie-Claire*.

L'argument était bas. À la manière d'un homme politique qui se réfugie derrière une statistique floue pour se défiler. Macho sans couilles !

Pierre s'enfonce dans sa connerie. Le pire, c'est qu'il a l'air sincère quand il s'exprime ainsi. Je sais qu'il est capable de me mener par le bout du nez. Chaque fois que ça recommence, je me jure que j'ai compris la leçon, que je ne replongerai jamais dans sa dialectique. Et voilà que je l'écoute, et je le crois ! Jusqu'au son de sa voix qui me donne la chair de poule. Comment fait-il pour me toucher ainsi ?

Il faut que je me reprenne. Pierre est ce qu'il est, loin de la perfection. Il a le droit de changer, de me contredire. Mais il ne faut pas non plus exagérer. Moi aussi, j'ai mes limites.

À certaines périodes, je tentais sans cesse d'imposer mes envies. Il devait réagir fort pour me résister. J'étais directive et totalement impatiente, mais rien en comparaison de ses crises régulières d'autorité cynique. Je préfère prendre cela pour de l'humour au cinquième degré. Ce sont les vacances et chacun de nous deux mérite d'en profiter au maximum. Je devrais suivre son conseil, profiter de ses heures derrière l'ordinateur pour sortir de la maison. Je ne vais pas gaspiller des demi-journées à l'attendre. Je ne m'appelle pas Pénélope.

N'empêche, sa chapelle, il l'a visitée en solo. Je suis allée acheter des cartes postales et boire une Suze dans l'inévitable bar-tabac du village. Ça m'a réconciliée avec la vie.

7 juillet

Voisin voyeur

Je n'ai pas lorgné dans leur direction aujourd'hui. Je ne le sentais pas. Tel un vieil hypocrite bourré de remords, je suis resté à bricoler chez moi, dans ma tête et dans mon jardin. J'ai arraché quelques mauvaises herbes, arrosé les bonnes. Il m'arrive d'avoir cette sensation lorsque j'épie un couple de perdrix qui fait son nid, couve ses œufs, assure le quotidien. C'est comme si on me devinait sans me voir. Un sixième sens, en quelque sorte. À trop vouloir découvrir mes Québécois, je risque de tout mettre par terre. Et je n'ai pas envie de me heurter à des rideaux tirés ou à une porte close. Il faut savoir laisser chaque espèce dans son état naturel. Quand je les observe en continu, je m'introduis dans leur routine au risque de la briser. Je ne veux pas ça. Je ne suis qu'un spectateur qui compte le rester.

J'ai malgré tout noté le passage de l'Opel, le matin vers 11 heures et retour le soir peu après 19 heures. Je ne me suis pas retourné pour les saluer. Ils vont penser que je suis un peu dur d'oreille. Je devrais plutôt leur faire croire que je suis complètement myope.

Ce fut ma pause, mon dimanche, mon repos du voyeur.

Demain, je mettrai les bouchées doubles.

Josée

Le chou-fleur trône sur le comptoir de la cuisine depuis que Fernand me l'a apporté. Je le renifle, le flatte du bout des doigts. Je le soupèse et le repose à sa place. Ce légume m'impressionne, c'est un monstre à l'image des mégalithes locaux. Tout un symbole ! Je ne pourrai jamais le cuisiner. J'inventerai un mensonge sur le plaisir que nous avons eu à le déguster.

— J'ai fait un gratin, avec de l'emmenthal. C'était délicieux.

Il ne faudrait pas que j'exagère, il serait capable de m'en couper un deuxième encore plus gros.

D'ici quelques jours, je l'emporterai avec moi, camouflé dans un sac, et je le jetterai dans une poubelle très loin. C'est bête, je sais, ça fait contrebande. Je me souviens quand j'étais petite et que j'allais cracher dans les toilettes ma bouchée de brocoli. Je n'ai pas tant changé, finalement. Sauf que, aujourd'hui, j'en mange. J'adore même ça.

Je n'ai pas interrogé Pierre pour savoir s'il avait envie de goûter ce chou-fleur. Lui, il a changé. Il change à vue d'œil. Avec ses moustaches, je ne le reconnais plus. Avec son accent, c'est pire que tout. Et il ne m'a pas refait l'amour.

Voisin voyeur

Cette petite journée de congé m'a ragaillardi. Mon métabolisme a récupéré. Mon esprit s'est libéré. C'est donc frais et dispos, sifflotant, que j'ai entamé mon septième jour de surveillance. On attache parfois une importance quasi mystique à ce chiffre. Les sept mercenaires, les sept péchés capitaux, les jours de la semaine, et j'en passe. Sornettes ! Les délires mystiques, les croyances de sorcières et autres sottises du même acabit, non merci. Je laisse ça aux lectrices de romans Harlequin. Sauf que là, je suis bien forcé de le concéder, le numéro gagnant est sorti. Le sept, impair et loto !

Je m'étais calmement posté avec un sandwich au pâté de foie, une petite merveille de goût. Un truc à attirer les renards. Il devait être maximum 6 h 30, vu que la rosée ne s'était pas encore évaporée (mes reins rouillés peuvent en témoigner). Et Dieu sait qu'avec les chaleurs qu'on a en ce moment, on ne peut pas compter sur elle pour nous faire économiser de l'arrosage. Bref, je contemplais distraitement leur maison, où l'on semblait dormir, et c'était tout à fait normal pour des vacanciers. Je me suis questionné pour comprendre ce que je fabriquais si tôt en ce lieu, tombé du lit, en train de mastiquer allongé dans l'herbe. Pas de réponse. J'ai patienté quoi... un quart d'heure, le temps d'avaler mon petit déjeuner et de me lécher les babines. Et puis, le Québécois a surgi dans mon champ de vision.

C'est son grand peignoir blanc qui m'a attiré. J'ai vite braqué mes jumelles dans sa direction. Je croyais qu'il s'était levé pour pisser avant un retour au dodo tout chaud avec madame toute chaude aussi. Pas du tout !

Il a ouvert un paquet de cigarettes. Des gitanes d'après le geste qu'il a eu pour faire glisser la partie intérieure dans l'emballage bleu. Il en a allumé une, lui a souri, s'est considéré dans le miroir accroché dans l'entrée. Et il a toussé. Il se tenait les côtes à n'en plus finir et je distinguais son grand corps qui hoquetait en ombre chinoise. Ensuite, il s'est dirigé vers la cuisine, pour réapparaître avec une tasse fumante. Il a jeté un œil dans ma direction, parcourant distraitement le paysage. Je n'avais pas l'odeur, mais je devinais le plaisir du kawa brûlant. Je m'en serais bien avalé un, moi aussi. Il s'en est grillé une autre et il a de nouveau toussé. Il essayait de se calmer, c'était plus fort que lui. Je me suis dit que le gars ne devait pas avoir les poumons en bon état. Pourquoi s'escrimer à s'envoyer ce poison lorsqu'on sent qu'il nous détruit à ce point? Quoique… je n'en sais rien. Il faut avoir fumé pour comprendre ce type d'acharnement. C'est vrai que si on me supprimait soudainement les rillettes, je pourrais devenir agressif. Chacun sa drogue dure.

Le Mathias, lui, consomme plus d'un paquet par jour, d'après moi et le nombre de mégots que la Corinne jette tous les soirs. Le Pierre, je ne l'avais jamais vu en fumeur, plutôt en mastiqueur. Derrière lui s'est présentée Josée. J'étais en gros plan net sur Pierre, donc je n'avais pas fait gaffe à la chambre au premier étage. Elle a parlé, il a sursauté. Il a ri et a fait volte-face, la clope à la main. La Québécoise regardait la cigarette avec effroi. Sa réaction n'aurait pas été plus marquée s'il avait brandi un pistolet de cow-boy. Il devait avoir arrêté ou promis de le faire et elle le surprenait en flagrant délit. Ils ont discuté, le ton paraissait monter et tout à coup, sans prévenir, il lui a collé une de ces baffes qui l'a fait s'écrouler sur le divan! Aussi sec, il a disparu dans l'escalier, sûrement dans le bureau du Mathias. Josée s'est redressée, la main sur la joue, les larmes prêtes à couler. Elle semblait plus surprise que meurtrie. Étrange.

Elle n'avait pas l'air en colère. Non, elle paraissait étonnée, apeurée, interloquée. Une suite d'expressions ont traversé son visage. Finalement, elle a enfilé un blouson et un pantalon de survêtement. Elle est sortie, et je l'ai vue démarrer au volant de l'Opel, les joues sèches. Les yeux noirs et le front plissé.

Je n'avais jamais suivi d'aussi près une scène de ménage. D'ordinaire, je me pointe en cours de dispute, attiré par les cris. Là, ce fut étrange d'assister à la totalité : l'avant, le pendant et l'après.

Décidément, ces deux zigotos ne me déçoivent pas. C'est mieux qu'à la télé. Il manque le son, mais j'avais eu l'impression de percevoir la gifle, tellement elle était violente. Pauvre Josée !

Quelle rage motive un homme à frapper sa femme ? En 55 années de vie commune, je n'ai pas une fois levé la main sur ma Yolande. Les gamins, oui, ils s'en sont pris quelques-unes bien méritées, histoire de leur rappeler le bon chemin, la politesse ou pour stopper une montée d'agressivité sécrétée par leurs hormones de croissance qui s'étaient emballées. Pour ma femme, ça ne m'est pas venu à l'esprit une seconde. Je la respectais trop. Devant cette scène, je me suis questionné. Et je ne peux pas tendre la perche à Josée, afin d'obtenir une explication, puisque je n'existe pas. Je suis virtuel, écriraient les journalistes.

8 juillet

Josée

— Tu fumes ?

— Hein ?

— Pierre, tu fumes !

— Eh bien oui, c'est une cigarette.

— Depuis quand fumes-tu ?

— Depuis que j'en ai envie. Je fais ce que je veux. Tu n'es pas ma mère, chérie !

— Mais c'est niaiseux. Tu n'as jamais fumé. Tu ne vas pas t'y mettre maintenant. Ça n'a pas de sens. Tu…

— Toi Jane, moi Serge.

— Quoi ?

— Tu n'as jamais entendu parler de Serge Gainsbourg, le chanteur au gros nez ? Il fumait des gitanes et ça ne l'a pas empêché d'être génial.

— Ni de crever.

— Bah, je m'y prends tard. Mes poumons roses de bébé ont encore de beaux jours devant eux. J'ai de la marge.

— J'ai été réveillée par ta toux. On dirait que tu te forces à respirer ces trucs. Pourquoi ?

— Parce que c'est vachement *cool*, ma poulette. Tu en veux une ?

— Arrête cet accent !

— Ne me parle pas sur ce ton, ma fille !

— Je ne suis pas TA fille.

— Non, mais tu vas quand même la boucler.

Et il m'a giflée. Très fort. Je suis tombée sur le sofa et il est monté taper sur son ordinateur, sans un mot de plus. Je ne pouvais pas rester ainsi, telle une faible victime du machisme. C'est pourtant ce que j'ai fait. J'aurais dû lui demander de s'excuser, mais je n'avais pas envie de le voir m'humilier à nouveau. Il fallait que je me reprenne. J'étais perdue. Je suis partie en voiture. Au village, je me suis arrêtée pour téléphoner, parler à quelqu'un, une amie, n'importe qui me connaissant. Sans réfléchir, j'ai composé le premier numéro qui m'est venu à l'esprit : maman. Après une suite de sonneries pour l'outre-mer, des « kip kip kip », elle a décroché.

— C'est Josée.

— Josée ! Où es-tu ?

— En Bretagne. Où veux-tu que je sois : à Dorval ?

— Ça va ?

J'ai répondu que tout allait bien. Comment raconter que l'on vient d'être frappée par un gars pour une histoire de cigarette ? Comment dire qu'on croit devenir folle à cause d'un accent ? Comment expliquer qu'on ne fait plus l'amour ? Comment, à des milliers de kilomètres, décrire des vacances qui vous échappent sans savoir pourquoi ? J'ai jasé, j'ai menti. Par omission. Ou par orgueil. Ça fait si longtemps que j'attendais de venir en Europe, je ne veux pas m'avouer vaincue. Tout du moins, je ne veux pas le montrer, pas encore. Je m'accroche à un fol espoir. J'ai envie de protéger Pierre et il me bat. Débile !

— Il fait beau et la maison est super belle.

— Comment c'est, la France ?

— C'est magnifique. On en profite.

— Tant mieux.

Tant mieux pour qui ? Je crois que j'ai peur. Pierre a quitté ma réalité. On le croirait commandé par une force inconnue. Je suis en dehors de son monde. Son mimétisme avec le milieu environnant, avec les Français, est irrationnel. Et je ne peux rien échanger avec lui. J'ai toujours eu la sensation que dans notre couple, c'était moi la décisionnaire — comme beaucoup de Québécoises avec leur mari. Je suis déstabilisée. Je me sens faible.

J'ai raccroché, malgré tout soulagée par cette voix familière. J'ai compté les jours jusqu'à notre retour, le 21 juillet : treize longues journées. Un véritable chemin de croix à rallonge. Comment sera Pierre ? Redeviendra-t-il lui-même à Montréal ? Quelle dérision d'espérer avec impatience la fin des vacances, quand je devrais savourer chaque instant au maximum.

Et cette rage de l'impuissance. De ce congé trop programmé qui devient gâchis.

Je suis repartie en auto, j'ai erré, je me suis baignée, j'ai lu quelques pages des *Lettres persanes*. J'y ai noté cette phrase du Prophète qui m'a fait bondir :

Les femmes doivent honorer leurs maris ; leurs maris les doivent honorer, mais ils ont l'avantage d'un degré sur elles.

Un degré de quoi ? De connerie ou de violence ?

Je ne sais plus. J'ai été tentée d'appeler Pierre, prête à lui pardonner. Pour vrai, je souhaitais de tout mon cœur l'entendre affirmer qu'il regrettait son geste. J'ai craint qu'il n'en fasse rien, ce qui aurait été pire. Je me suis donc abstenue.

J'ai marché, roulé, bu quelques bières pour étirer la journée. Je suis rentrée vers neuf heures du soir, il dormait. Je me suis allongée sur le sofa. Quelques verres de Suze tablette m'ont aidée à capturer le sommeil.

Mille cauchemars m'ont maganée durant la nuit.

Josée

Il ne faut surtout pas se laisser aller. Voilà ce que je me suis dit en soulevant ma première paupière — la gauche.

Pierre n'était pas dans la cuisine, je l'ai repéré facilement. Il n'y avait qu'à suivre l'ignoble odeur de gitanes. Ça venait du haut. Il devait travailler sur son maudit ordinateur. Je dis « son », et il n'est pas à lui ! Sans un « bonjour », j'ai attaqué :

— Il faut qu'on se jase. Tout de suite.

Il a fait un bond. Ce n'était pas son manuscrit sur l'écran. Il devait naviguer sur Internet dans un site de bla-bla quelconque. Je ne suis pas une fanatique de ce truc et je m'en tiens volontairement loin, aussi loin que de la télé, mais je sais reconnaître l'icône du logiciel de navigation. Question instrumentation, j'ai assez des microscopes et des expériences dans mon travail chez Merck Frosst. J'ai eu l'impression que je le dérangeais en pleine conversation sado-maso avec une correspondante. Sa maîtresse ! J'en étais sûre. Et pourquoi pas un correspondant, d'ailleurs ? Au point où j'en étais…

— OK, je termine cette phrase et je descends. Tu peux préparer un petit café ?

— Mmm.

Heureusement que j'avais envie d'avoir les idées claires, sinon son café, il pouvait se le faire chauffer sur son imprimante. J'ai dosé le grain moulu, placé la cafetière sur le poêle au gaz et le craquement de ses pas dans l'escalier m'a fait l'effet d'une brochette qui m'aurait transpercé un rein. Il a surgi, silencieux. J'ai croisé son coup d'œil, espérant y déceler une once de compassion. Rien. La confrontation s'annonçait âpre.

— Prenons une marche.

Je n'en pouvais plus de ce salon, où le son de sa gifle résonnait contre les murs. J'ai rempli deux tasses sans sucre, avec un peu de lait, comme on a toujours fait. Sans un mot, il a ouvert une porte du placard, saisi un sucrier et glissé deux cubes blancs dans le liquide. Il a mélangé avec une cuillère et m'a suivie dehors. J'étais abasourdie.

On a fait une dizaine de pas, buvant quelques gorgées. La météo était splendide, l'air sentait l'iode. Notre première balade commune dans les alentours après neuf jours de vacances. Pierre avait une cigarette au bec et il toussait moins. Ses bronches avaient déjà déclaré forfait devant l'envahisseur.

— Qu'y a-t-il, Pierre ?

— C'est compliqué... C'est ce lieu, ce voyage... Je me sens revenu en moi-même, repossédé et renforcé. Ça me fait bizarre.

— J'avais remarqué. Tu deviens Nouvel Âge, genre renaissance ?

— Laisse-moi finir, Josée. S'il te plaît. Sinon, on n'y arrivera pas. D'ac ?

J'avais connu des tons plus sympathiques, mais il demeurait correct. Je l'ai laissé continuer.

— Je suis un peu... beaucoup... caméléon. La maison me fait un effet bœuf. Des changements s'opèrent en moi et je n'ai pas envie de me bagarrer contre. Je suis plus fort qu'avant.

— Et moi, là-dedans, je deviens quoi ? J'attends la prochaine gifle ?

— Je ne sais pas. Je n'ai pas de réponse. Le mieux, c'est que tu fasses le maximum de choses toute seule. Ça peut te sembler ingrat, c'est pourtant ce qu'il y a de plus sage à faire. Profite de la vie.

— Et... à Montréal, tu penses qu'on va continuer de même ?

Il a eu ce nouveau sourire que je déteste. Réponse :

— On verra bien.

— Ah !

— ...

— Et ta traduction, ça progresse ?

— Tranquillement pas vite. Je devrais conclure dans les délais, mais j'en arrache.

— Ah !

— …

La discussion était close. Je n'étais pas plus avancée, quasi reculée. Ni excuses ni regrets. Simplement une perspective passionnante : me taire et continuer mes vacances en solitaire. Je n'étais pas sûre d'en avoir envie. Je n'avais pas grand choix. Je ne me voyais pas rentrer au Québec deux semaines à l'avance, et je n'avais pas les moyens de me payer un hôtel. Il ne me restait qu'à tenter de m'amuser en espérant que Pierre changerait, qu'il reviendrait à de meilleures dispositions.

En tout cas, ça semblait mal parti.

J'ai pris l'auto et je suis allée me plonger dans les flots les plus proches. Il y avait du vent et la marée montante se déchaînait. Ce débordement des éléments m'a défoulée. Je courais, je sautais dans les énormes vagues, je nageais. J'ai tout fait pour épuiser mon corps et vider mon esprit. Mon envie de pleurer ne me quittait pas.

Une crêpe au sarrasin m'a rappelé que j'étais présentement en Bretagne. Pas dans la baie des Chaleurs. Je déteste être seule lorsque je suis en congé.

Si dans 48 heures Pierre ne me présente pas des excuses, s'il ne modifie pas son attitude, je le plante là et je finis mes vacances à Paris, loin de sa face.

Ma connerie a ses limites.

9 juillet

Voisin voyeur

Ils sont sortis ! Je pensais que ces gens-là ne mettraient plus le nez dehors ensemble, et je me suis gouré. Ils se sont offert une petite promenade avec café, discutant tranquillement, comme au bon vieux temps des amours de jeunesse. C'était beau à voir.

Josée avait l'air remise de sa baffe. Pierre tirait sur sa clope. C'est la vie, on s'énerve pour des broutilles, on regrette, alors on se rabiboche et c'est encore meilleur qu'avant. On songe au gâchis qu'on vient d'éviter, aux enfants qu'on aurait pu ne pas avoir, tout ça, quoi… L'avenir nous sourit.

Je suis d'avis que l'espoir fait vivre. Si, si. Ma femme me reprochait mon optimisme débordant. Elle ne comprenait pas comment je faisais pour rester sans cesse positif. C'est vrai qu'elle avait tendance à ne distinguer que le côté noir de l'univers. Un papier calque semblait lui embuer la vue. Je suis persuadé que nous sommes demeurés ensemble pour cette raison. Qui s'oppose se rassemble, le yin et le yang, toutes les balivernes habituelles, quoi.

J'oublie l'essentiel. Je raisonnais pour un couple normal, alors que ce n'est pas le cas. Ils ne sont pas anormaux, plutôt hors normes. Des inclassables. Je raconte cela, car après ces touchantes retrouvailles, il est resté seul à la maison et elle a emprunté l'Opel pour disparaître toute la journée.

Je me suis fait suer à poireauter pour rien. Un moment, le Québécois est ressorti. Il a fait quelques mouvements de bras pour se détendre et a marché dans le jardin. Il a même daigné arroser les fleurs qu'ils ont délaissées depuis leur arrivée. Il était temps. Il faisait cela comiquement. On aurait dit qu'il donnait à boire à une plante carnivore, tellement il tenait l'arrosoir loin de lui, décollé de son corps. Ça a duré cinq bonnes minutes, suivies d'un interminable calme plat. C'est chiant, le bonheur.

Josée

Une journée à oublier. Solitaire. Pierre sort peu. Il travaille. Il a conduit ce matin pour aller s'acheter une cartouche de gitanes et du camembert. Je l'ai aperçu de loin, avalant un sandwich sur pain baguette.

Je suis sortie à mon tour. Notre voisin m'a fait un signe de loin. Je lui ai rendu son beau grand bonjour avec le minimum de conviction. Histoire de ne pas l'inciter à venir causer. J'aurais été capable de lui pleurer dans les bras.

Je me suis forcée à jouer mon rôle de touriste. Visites au hasard trouvées en ouvrant mon guide Michelin à l'aveuglette. Je n'ai pas grand souvenir de ce que j'ai vu. Je me rappelle les sculptures sans âge, une petite fille curieuse qui posait mille questions et un garçon charmant qui me dévisageait avec insistance. Les hommes ici n'ont pas froid aux yeux. Ils ne se cachent pas pour vous observer. Au moins, c'est direct, on se sent désirées, mais je ne sais pas si j'aime cette approche. Je préfère quand c'est moi qui décide.

J'ai ri en déchiffrant une inscription sur un mur près d'un petit port : « Je conchie la conchyliculture ». Sûrement l'œuvre d'un nouveau chômeur, fraîchement mis à pied de son travail d'ostréiculteur. Ont-ils droit au BS par ici ?

Buvons !

Je me suis réfugiée dans le mélange cidre-pastis, entre-coupé de Suze sur glace. Baignade, lecture, Montesquieu par bribes, autant de rasades de bon sens.

Et c'est tout.

Je suis rentrée dans une maison noire où Pierre devait dormir. J'y ai retrouvé le sofa et aucun signe de sa part.

Il lui reste 24 heures pour changer d'attitude. Le compte à re-bours est déclenché. Demain soir, s'il n'a pas réagi, je me volatilise.

Cognac et tête à l'envers.

Voisin voyeur

Quel ennui. Il reste enfermé et elle part toute la journée. Il a encore arrosé les plantes. La vue de ces végétaux crevant de soif l'a probablement culpabilisé.

L'Opel est revenue dans la nuit. J'étais chez moi et je ne suis pas ressorti. Mon instinct de chasseur me souffle que le gibier devait se reposer.

La sagesse vient avec l'âge, vous verrez.

Voisin voyeur

Le poste d'observation n° 2 m'a de nouveau apporté des images inédites. Ma vision nocturne a pourtant tendance à décliner ; je ne mange pas assez de carottes, paraît-il. Mais trêve de balivernes, voici les faits qui se sont produits hier au soir, tard. Le Pierre s'était couché plus tôt et la Josée arrivait juste de son périple touristique journalier.

Elle a éteint dans le couloir et s'est pointée nue comme un ver. Elle a littéralement plongé dans le lit pour se pelotonner contre lui. J'ai senti que la petite avait besoin de tendresse et j'ai observé avec attention, curieux de découvrir comment on fait ça dans les pays froids. J'espère qu'ils ne sont pas tous pareils.

Ils avaient laissé une veilleuse allumée : j'ai donc distingué, plus que je n'ai vu, le début des hostilités (et je pèse mes mots). Tout ce que je peux affirmer, c'est qu'il ne paraissait pas du tout réagir comme prévu. Il lui a dit je ne sais quoi, elle a reculé, elle s'est levée pour allumer sa lampe de chevet. Il s'est rapproché, l'a enlacée. J'ai remarqué qu'il la dévisageait avec un drôle de regard, mais j'ai mis ça sur le dos des préliminaires. Tu parles, Charles !

— Qu'est-ce qu'ils fabriquent, nom d'un chien !

Je marmonnais tout seul. Ce qui n'est vraiment pas malin lorsqu'on est planqué en train d'espionner ses voisins dans leur chambre à coucher. Il aurait suffi que n'importe quel promeneur me surprenne, et ma réputation était définitivement ternie dans la région. Que dis-je ! J'aurais été banni, oui. C'est qu'on n'aime pas trop les fouille-merdes par ici. Moi, je fais ça pour occuper ma retraite. Il y en a bien d'autres qui collectionnent les emballages de sucre ou qui décorent leur façade de maison avec des assiettes pilées. Mais ne tentez pas d'expliquer mon cas à un Breton de souche. Ce serait peine perdue. Je devrais m'expatrier en Normandie, ou pire, dans le Pas-de-Calais.

Toujours est-il que lui aussi s'est levé. Il lui a murmuré quelques mots et elle a semblé se calmer. Il s'est approché d'elle et l'a prise dans ses bras. Ensuite, il a éteint et j'ai distingué leurs deux corps qui allaient et venaient, apparaissant par à-coups. Je pense qu'ils baisaient sur la moquette. Quand ça a été terminé, il s'est redressé et a rejoint sa place dans le lit.

Elle n'a pas bougé.

J'ai patienté cinq, dix minutes au plus et j'étais en train de m'endormir sur mes jumelles, lorsque j'ai vu la Canadienne se relever. Elle a eu l'air d'écouter et puis elle est descendue au salon. Là, la lumière de l'halogène me l'a révélée en larmes. Appuyée sur la table, elle a sangloté longtemps. Un peu plus, et moi aussi, j'aurais chialé.

J'étais perplexe, je l'avoue. Elle avait mis un grand t-shirt tout blanc avec un dessin d'arbre devant. À un moment, elle s'est frotté le poignet et, plusieurs fois, elle a esquissé un geste vers son bas-ventre, sans insister au-delà. Finalement, elle a saisi une bouteille de cognac et s'en est envoyé plusieurs rasades, directement au goulot.

Qu'est-ce qui a bien pu se produire ?

Josée

Je suis une conne et une pleutre. Pourquoi on aime quelqu'un qui ne vous aime plus ? Ce rapport devrait s'arrêter simultanément. Au lieu de ça, des dizaines de millions de femmes subissent les dégénérescences égoïstes de leurs hommes. Les lesbiennes ont bien raison !

Donc, moi Josée, avec toute ma fierté, je me suis « mentalisée » toute la journée. Mon délai officiel arrivant à échéance ce soir, j'ai paniqué. Ensuite, je me suis rappelé ce que disait ma mère concernant les réconciliations sur l'oreiller. Ça tombait bien, j'avais envie de baiser. En rentrant de la plage à la nuit tombée, je suis directement montée prendre ma douche, tout excitée. Un peu de sexe et de contact ne peuvent que soulager les tensions.

Je me suis vite glissée dans les draps en priant le ciel pour que Pierre ne soit pas endormi. Il ne l'était pas. Je l'ai enlacé, il n'a pas bronché. Je l'ai caressé sur le ventre, il a réagi.

— Quoi, encore ?

Je me suis tue, imprimant un mouvement circulaire et descendant à ma paume. C'était bon de me coller à lui, de sentir son corps chaud, de respirer son odeur.

— Tu veux baiser, ma salope, c'est ça ? Tu veux une grosse bitte dans ta petite chatte, c'est ça que tu veux ? De toute façon, elle ne sert qu'à ça ; s'en prendre des kilomètres.

L'accent ! Le maudit accent français était de retour, pour proférer des phrases méchantes, blessantes. Docteur Jekyll et Mister Hyde. Je n'avais jamais vu Pierre dans cet état. Ce n'est pas son genre, la vulgarité. Avec moi, il a toujours été très correct, galant, doux. Là, une bête m'éructait sa haine.

— Arrête, Pierre, tu n'es plus drôle.

— Parce que tu trouvais ça marrant, toi. Tu n'as rien pigé, bordel de merde !

Je me suis levée, j'ai allumé. J'osais à peine regarder dans sa direction. Et il a eu l'air de se calmer. Il s'est levé à son tour. Il m'a prise dans ses bras, je tremblais.

— T'aimes ça, te faire fourrer, hein ?

Il m'a serrée, j'ai senti qu'il bandait. Je ne savais plus qui écouter : le grossier malade ou l'amant en rut. Il a éteint, m'a forcée à m'accroupir et m'a prise par-derrière d'une manière sauvage. Il était brutal.

Je ne peux pas dire qu'il m'a violée, parce que c'est Pierre. Des fois c'est bon de changer, de s'inventer des scénarios pour s'exciter. C'est ce que j'ai tenté de croire, pour me convaincre.

Lui, il a joui sans se soucier de mon cas et aussitôt après, il s'est couché dans le lit en m'abandonnant par terre, genre kleenex usagé. Je l'ai appelé, je voulais savoir quelle voix me répondrait.

— Pierre ?

— Tu as eu ta baise, non ? Tu as le ventre plein. Alors maintenant, fous-moi la paix. Demain, je travaille, moi !

L'accent français encore, plus froid qu'une banquise. J'ai compté jusqu'à trois et je suis descendue au salon où j'ai bu du cognac. Je pleurais tellement, on aurait cru un abreuvoir coincé. Je me sentais tellement seule. Tellement sale.

Que s'est-il passé dans sa tête ?

Il juillet

Voisin voyeur

On voit qu'ils doivent avoir ce type de rapports depuis longtemps. Ça doit cimenter leur union, une petite crise mensuelle, du sexe pas catholique et une finale dans l'alcool. J'ai compris que leurs longues soirées d'hiver exigeaient quelques fantaisies pour éviter la déprime. Alors, chacun s'invente son passe-temps. On débute tout doux, l'ennui revient, on remet ça un peu plus fort, on agrémente, on extrapole, on raffine, on s'emporte, et petit à petit le rituel s'impose. Même si ce n'est pas très sain, la dépendance s'installe. On en veut davantage, c'est l'opium des ménages. Difficile de juger ce type de comportement.

12 juillet

Josée

Je devrais être partie, je suis encore là. J'ai honte. C'est bizarre, car j'ai la sensation qu'il va lui arriver malheur. C'est une sensation diffuse, irrationnelle, sans justification. La logique et la raison voudraient que je me sauve de ce lieu. Que je m'enfuie loin de ce monstre. Pourtant…

La maison des Le Bihan ressemble à celle du film *Psychose* : sombre et remplie par une force du mal. Je n'y séjourne que pour me laver et me reposer. Ce matin, dès l'aube, j'étais repartie vers de nouvelles errances. Je conduis maintenant l'Opel comme si j'avais fait ça depuis ma plus tendre enfance (ou presque).

J'applique avec lassitude la règle des trois B : baignade, boisson, blues. Nous n'avons pas rééchangé une parole. Ça me rappelle ma première expérience de colocation avec deux filles que j'ai détestées dès la première nuit. On avait tenu un an ensemble sans articuler un bonjour, communiquant par notes écrites. Le frigo était le lieu où nos affaires se côtoyaient au plus proche, avec chacune son rayon réservé et interdiction d'emprunter une gorgée de lait à la voisine. Un jour, j'avais eu le malheur de manger une fraise dans un petit casseau appartenant à l'une d'elles, une dénommée Anne. Je me rappellerai ma vie entière la crise que cela avait déclenchée. Elle m'avait accusée d'ingérence dans sa vie privée, de quasi-violation de sa propriété digérable… Toute une expérience.

J'espère quoi ?

Ces vacances sont gâchées. Je tente encore de me convaincre que cela n'aura été qu'un mauvais moment, une incartade, un cauchemar d'où nous sortirons indemnes.

12 juillet

Voisin voyeur

S'ils s'obstinent à s'ignorer de la sorte, je vais demander le remboursement de mon ticket. C'est vrai, je veux bien leur accorder un peu d'attention, mais au moins qu'en retour, ils m'en donnent pour mon argent. Là, ça manque cruellement de relief, vu qu'ils sont chacun dans leur coin. Ouh !

Et l'autre grand citadin, à force d'arroser les plantes, il va finir par tout faire pourrir.

Je pourrais en glisser un mot à Mme Le Scoarnec. Lui faire comprendre qu'elle devrait venir jeter un coup d'œil, que du sentier, les plantations paraissaient mal entretenues.

Heureusement qu'il fait cette chaleur. Le sol boit et s'imbibe.

La Corinne et le Mathias vont débarquer en pleine forêt vierge au retour des vacances. Ils vont devoir visiter leur jardin avec un coupe-chou.

Josée

Partout, les préparatifs pour le 14 Juillet.

Pierre ne m'a pas adressé la parole depuis l'autre soir. Je demeure ici. Le temps est splendide. On a du soleil, sans en avoir trop. Ceux qui dénigrent la Bretagne, la comparant à l'Inde en période de mousson, ne sont que des jaloux ou des mal informés.

J'irai demain au bal du village danser seule et je me ferai fourrer par le premier cultivateur venu.

Je raconte n'importe quoi.

Je hais les traducteurs, les ordinateurs, les Opel, les gitanes, les choux-fleurs, les moustaches, le sucre dans le café, les peignoirs blancs, les observateurs d'oiseaux, les dolmens, les touristes, les Français, les marées basses, le camembert au lait cru, les boulangères, le sel marin, les boîtes manuelles, l'accent pointu, Céline Dion et Patricia Kaas, Internet et le foie de veau.

Un grand vide occupe mon cœur et tente de lui faire accroire que ça vaut la peine d'insister. Je me dupe.

J'ai lancé le chou-fleur dans un champ. Geste ridicule qui m'a fait un bien immense. Je m'inquiète.

Ça devrait être si simple. Tout envoyer au diable, à la manière de ce monstrueux légume dont je me suis débarrassée sans l'ombre d'un remords. Je suis une grande fille. Je suis libre.

Bon, demain, je sacre mon camp de ce trou breton ! On se reverra à l'aéroport pour le retour. Pierre retrouvera son calme à Montréal. Les longs voyages, ce n'est pas pour les insécures.

Voisin voyeur

Aujourd'hui pour la fête nationale, Ploërdou renouait avec ses habitudes. Des jeux pour les enfants organisés dans la rue principale par le conseil municipal au grand complet. Le vin d'honneur à la mairie, l'harmonie de Douarnenez, le feu d'artifice, le bal enfin. Avec les gars qui vont vomir leur bière, les filles qui ne valent guère mieux, la drague, la baise, les coups de gueule et de poing, les voitures dans le fossé et le défilé militaire sur les Champs-Élysées.

On a beau râler contre la stupidité de cette exhibition de kaki et de machines à tuer ; on a notre petite fierté quelque part qui nous titille le patriotisme. Esprit de conquête ou peur de l'envahisseur ? Toujours est-il que les marches au pas nous apaisent une fois l'an.

Le 14 Juillet libère notre chauvinisme. Pendant 24 heures, on a le droit de s'afficher nationaliste, même si ça ne se fait pas trop le reste de l'année (sauf chez ceux qui ont le front hexagonal).

Et mes étrangers, là-dedans ?

Ils se sont croisés pendant trois jours, sans échanges visibles. D'après mes observations matinales et tardives, les nuits ne leur portent pas conseil. Chacun dort dans sa couche, personne ne se touche. Ça doit être le climat. Un subit afflux d'iode dans le système et c'est la panique chez les non-natifs.

Cette explication en vaut d'autres.

Au réveil, la Josée ne paraissait pas très fraîche. La gueule échevelée, pâlichonne malgré son hâle. Le Pierre apparaissait à l'étage par intermittence pour aller pisser dans un nuage de fumée bleue. Ça augurait mal pour la suite. Sauf qu'il a fini par descendre et a échangé quelques phrases avec sa régulière, qui suivait le défilé à la télé les yeux écarquillés. Ils n'ont donc pas de légion étrangère au Canada ?

Après ce contact qui m'a paru somme toute glacial, le dégel s'est amorcé. Un petit café, un sourire esquissé (esquivé?), un cendrier tendu au nouveau fumeur, quelques syllabes échangées. Il n'en faut pas davantage pour faire connaissance.

Et l'heure de la fête a sonné.

Ils sont partis ensemble au bourg, se sont mêlés aux autres. Elle a applaudi la course en sac, encouragé le tir à la corde, trépigné en attendant l'arrivée du relais des petits coureurs de maternelle. Il a goûté à la piquette locale avec le premier adjoint, offert une gitane à l'instituteur, écouté religieusement le curé lui raconter ses souvenirs de la guerre d'Indochine. Eh oui, Ploërdou possède un prêtre ancien combattant, décoré et fier de l'être. Les voies du Seigneur sont impénétrables.

Ensuite, passage obligatoire par la case café, avec tournée générale d'apéro. Ce qui représente une quinzaine de verres de blanc. La Québécoise levait le coude plus souvent qu'à son tour, trinquant sans vergogne non sans perdre de vue le Pierre.

Je visionnais chaque séquence à l'œil nu, mal à l'aise par cette proximité. Les sujets paraissaient dans leur état normal. Considérant leur histoire proche, j'analysais la situation avec une tout autre perspective (acuité malsaine, en fait). Tel le médecin encourageant une crise pour mieux diagnostiquer le mal.

Enchaînons.

Le feu d'artifice fut à la hauteur de ceux des années antérieures : faible altitude. Toute notre communauté rurale était réunie pour guetter les belles rouges et les belles vertes dans le ciel noir, devinant les déambulations zigzagantes du cantonnier ivre qui tentait d'enflammer les mèches de sa main tremblante. Je dénombrai au total trois chutes de l'employé municipal. Accidents du travail, dira-t-il comme les fois précédentes.

Puis le bal dans la salle des fêtes.

Rien de plus banal. Quoique j'aurais mieux fait d'y prêter une plus fine attention. J'ai délaissé mes exilés pour quelques ballons de rouge. On a discuté de banalités et de problèmes essentiels, c'est habituel.

Et les danses ont ralenti, les slows se sont enchaînés. On approchait de la fin. Mon ouïe ayant faibli, ma vue ayant décru, ma prestance étant perdue, je titubais légèrement. Eux itou.

Elle s'était remuée toute la soirée sur la piste, seule ou avec partenaire, grisée, riant avec tous. Il avait bu en solo, échangeant quelques mots avec le garçon de la buvette et feignant de ne pas la voir. Ils sont partis ensemble, côte à côte, le regard vers la ligne bleue des Vosges. Je les ai suivis de loin.

Près du panneau indiquant la sortie du village, j'ai perçu leurs voix. Celle de la Josée a percé faiblement, celle du Pierre lui a répondu vertement en grimpant vite dans les aigus, sur un mode surexcité. Je n'ai distingué qu'un mot : « tuer ». La belle Québécoise a hurlé. Silence de mort. Il est rentré seul, elle avait fait demi-tour pour revenir au bal.

Un résidu de réflexe m'a plaqué contre un mur sombre pour lui laisser la route libre. Elle marmonnait en pleurnichant, furieuse il me semble. Je l'ai abandonnée à sa quête d'oubli.

J'aurais aimé lui attraper la main, la rassurer, l'inviter pour une dernière valse. Comme un grand-père peut consoler sa petite-fille. Mais je ne suis rien d'autre pour elle qu'un vieillard compatissant par ennui.

Arrivé chez moi, je me suis couché et l'alcool m'a entraîné dans un profond sommeil. Ce couple glisse sur une mauvaise pente.

Enduite de savon noir.

Josée

Vive la France !

Journée de merde !

Quelques mots pour résumer ces dernières heures. Paupières closes, je passe en revue ce que je viens de vivre. Je suis saoule.

On m'avait prévenue : « Si tu es là-bas pour le 14 Juillet, tu ne peux pas manquer le défilé. » Moi, je m'imaginais une réplique de notre défilé de la Saint-Jean, avec des chansons, des personnalités quétaines assises dans des décapotables, des drapeaux partout et une immense fierté nationaliste. J'avais tout faux.

Leur défilé, c'est un défilé militaire ! Pendant deux heures, toute l'armée française traverse Paris au pas cadencé. Ils sortent leurs tanks, leurs canons, leurs avions, leurs plus beaux camions ; ils astiquent leurs casques et descendent les Champs-Élysées en cadence, jusqu'à la tribune officielle du président de la République. Débile ! Chez nous, le premier ministre marche dans la rue avec le peuple québécois. On peut le toucher, lui faire coucou, lui demander de baisser les impôts.

Je croyais qu'il n'y avait que les Soviétiques, les Chinois et les nazis qui organisaient ce type de manifestation. Ils veulent prouver quoi, là ?

Et le public ! Parqué derrière des barrières, ramolli. Je suis certaine que ce sont des touristes qui viennent là. Pas un seul drapeau tricolore brandi à l'horizon. J'ai suivi ça pendant une heure, bouche bée. Le pire, c'est le commentateur qui détaille chaque corps d'armée, avec la date de naissance de tel bataillon, la couleur des bérets et l'âge du capitaine. On dirait une parodie de reportage.

C'est là que Pierre est descendu. Il a prononcé ses premières paroles depuis sa dernière éjaculation.

— C'est le 14 Juillet aujourd'hui, a-t-il lancé comme s'il m'annonçait la découverte du vaccin contre le sida.

— Ah bon ? Ce n'est pas Pâques ?

— Très drôle. On va voir la fête au village ?

— Pourquoi pas ?

— Allons-y ! Ça nous changera les idées, insista-t-il.

— Je ne sais pas ce que ça nous changera, ni non plus si ça peut changer quelque chose…

— Vers 16 heures ?

— Vers 16 heures.

Il a définitivement adopté son nouvel accent et j'ai fini par m'y résigner. C'est bête, j'étais contente. Nous allions sortir, nous amuser, voir comment ils fêtaient en région. J'aurais pu lui intimer l'ordre de s'excuser de son attitude. Il ne reste qu'une semaine de vacances. Tout n'est pas perdu, me suis-je menti.

Le chien sale !

Je vous épargne le début, puisque c'était bien. On a assisté aux activités organisées pour les enfants dans les rues de Ploërdou. Je me serais presque cru chez nous tellement c'était agréable. Mon corps en a profité pour lâcher un peu de pression.

Pierre m'ignorait et j'ai adopté la même stratégie du silence, sans contact verbal ou physique. La connerie peut être contagieuse.

Ensuite…

Ensuite, le feu d'artifice amateur. Et le bal. Enfin, j'ai relaxé.

Pierre s'est collé au bar. J'ai dansé telle une sauvage. Je ne pouvais plus m'arrêter de gesticuler, remuant mon gros cul devant les faces rouges des habitants. Je voulais les faire bander à en avoir mal. J'étais la sorcière bretonne, la druidesse celtique. Ah, ce fut un pur moment de défoulement. Je faisais n'importe quoi, vidant les verres qui traînaient çà et là, acceptant toutes les invitations, improvisant des pas de gigue sur des danses bretonnes ou supposées telles. Transpirant plus qu'un glaçon sous le soleil de Floride.

Mus par un accord tacite, on est repartis ensemble sans le moindre commentaire.

Au début.

À peine avions-nous atteint la dernière maison du village que j'ai engagé les hostilités. Je me sentais forte, prête à affronter le monstre. Et j'avais tout ce flot de rancœur à lui déverser dessus. Il fallait que j'ouvre ma trappe en grand pour laisser s'échapper mon venin.

— Alors, le Français, ça t'a changé kekchose ?

J'ai fait exprès de prendre mon gros accent québécois, avec la langue molle. Il ne l'a pas pris.

— Le Français, il t'emmerde.

— Moi aussi, je t'emmerde. Tu joues à quoi, là ? Tu te prends pour De Niro avec tes moustaches de carnaval ? Tu le fais genre Actor's Studio ? Pauvre niaiseux, regarde-toi : on dirait Roy Dupuis qui essaie d'imiter Depardieu. Tu es lamentable, Pierre. Lamentable.

— Ferme-la !

— Quoi, tu veux me frapper ? Ça te ferait du bien de me frapper une fois encore ? Ça te donnerait l'impression d'être un vrai Gino de merde, hein. Eh bien, vas-y, défoule-toi, maudit fou !

— Josée, tu la boucles et vite !

On ne se parlait plus, on hurlait. Je tremblais, je voulais lui envoyer des coups de pied. Lui, il demeurait de marbre, ce qui m'a mise hors de moi.

— Non, je ne me tairai pas ! Je ne veux plus la voir, ta face d'épais. Je vais crisser mon camp. Je vais…

— Connasse, je te tuerai avant.

— Quoi ? Répète ce que tu viens de…

— Je vais te tuer, Josée — te tuer. Pour ne plus entendre ta voix de pouffiasse, de vieille fille, de…

— T'es vraiment malade !

Je l'ai abandonné là, sur la route, et je suis repartie au bal, telle l'anti-Cendrillon. J'avais besoin de plus d'alcool pour noyer la haine, le chagrin et la peur. Il fallait que je bouge mon corps. Histoire de me persuader que je n'étais plus sous sa domination mâle.

Il a gueulé dans mon dos, je n'ai pas saisi. Je capotais.

J'ai rejoint la salle des fêtes et je me suis paquetée au chuchen, une sorte d'hydromel local qui vous saoule plus vite qu'une caisse de 24. J'ai un vague souvenir de mains qui me touchaient, d'un gars qui titubait en ouvrant son pantalon, de mon rire, de son sexe mou. Et je me suis réveillée dans le noir et dans un fossé, la tête prête à exploser. Je suis revenue à la maison.

Et voilà.

Pas le genre d'épisode à raconter sur une carte postale. Je vais tenter de dormir et demain, je disparais d'ici. *That's it, that's all!*

Bye-bye, Pierrot le fou.

15 juillet

Josée

Je me suis réveillée avec la tête en citrouille. Prête à éclater. Il devait être autour de dix heures. Le soleil remplissait le salon. J'ai lancé quelques sacres à destination du mur. Ça m'a vaguement éclairci les esprits et la gorge. Et aussitôt, j'ai eu sa face devant mes yeux.

Non, il n'était pas là à surveiller mon lever, ce fut une apparition du démon. Une vision d'horreur. Et mon corps a frissonné plus fort que lors des grands froids de janvier.

Il voulait me tuer! Je me suis levée, je suis montée à l'étage, et j'ai garroché mes affaires dans ma valise. Une odeur de gitanes flottait dans l'air, mais le clone de Gainsbourg était absent. Tant mieux ou tant pis, je ne savais pas ce que j'aurais préféré. C'est là que j'ai entendu l'eau couler.

Vous savez, ce son diffus, régulier, que fait un tuyau lorsque de l'eau le traverse. Un bourdonnement familier ; celui d'une douche coulant chez le voisin à quatre heures du matin. Au début, on ne le perçoit qu'à peine, et petit à petit il vous envahit les tympans, il vous obsède, il vous énerve.

— C'est quoi ce bruit, crisse !

La salle de bains était vide. Je suis descendue à la cuisine. Personne en vue et ce maudit ronron qui ne cessait pas. Quelqu'un, quelque part dans la maison, avait grand ouvert un robinet et oublié de le refermer. Qui ? Pierre, bien sûr.

Je suis sortie et je l'ai découvert. Un boyau branché à l'avant et se déroulant en direction du jardin. Qui pouvait bien arroser par une chaleur pareille ? La voisine ne nous avait pas parlé d'un jardinier. À moins que ce ne soit les propriétaires revenus plus tôt et qui tentaient de rattraper les dégâts causés par notre négligence. Je me suis hâtée vers l'arrière et je l'ai découvert.

Pierre.

La cigarette au bec, concentré, à la manière du gars qui est chargé de l'entretien des bonsaïs au Jardin botanique. Il m'a examinée et, sans s'arrêter, a daigné m'adresser la parole :

— J'ai mis la main sur le boyau.

Et il a ajouté, histoire de me montrer qu'il me prenait vraiment pour une idiote :

— Ça va plus vite qu'avec l'arrosoir.

Que voulez-vous répondre à des trucs pareils ? Je n'allais pas lui déclarer que sa découverte était extraordinaire. Je m'en foutais, moi, de son maudit boyau. Il pouvait se le mettre dans le cul, et profond avec ça.

J'ai marché dans sa direction, décidée à en finir. Je visais ses yeux où j'allais cracher toute ma haine. J'ai coupé tout droit, sans aucun respect pour les salades, les coquelicots, les je-ne-sais-quoi qui poussaient par là. J'ai planté mes pieds bien profond dans la terre, l'un après l'autre, pour l'atteindre. Je voulais lui arracher son tuyau des mains, son sourire des lèvres, son air débile de la face. Pour le gifler moi aussi.

Je n'y suis jamais parvenue.

Voisin voyeur

Il y a des jours où l'on voudrait ne point s'être levé. Il y a des jours où je m'en veux de cette curiosité maladive. Aujourd'hui est le pire de tous.

Dès l'aube, j'étais à mon poste d'observation n° 2, les jumelles braquées sur les Québécois. Après ce que j'avais surpris la veille, je me questionnais sur le suite des événements en cours. Allaient-ils se réconcilier dans une partie de jambes en l'air ? La giflerait-il encore ? Ou, plus ironiquement, finiraient-ils leur séjour en feignant d'ignorer ce qui venait de se produire ? Difficile à pronostiquer.

J'avais malgré tout ce sixième sens qui persistait à m'avertir d'un drame imminent.

À quoi bon ? Tel un Casque bleu à Sarajevo, je suis condamné à observer sans intervenir. Les ennemis continuent à s'étriper comme de coutume, dans la haine et la mauvaise humeur.

Je n'ai pas langui longtemps. Le Pierre est apparu dans le jardin avec un tuyau d'arrosage et il s'est mis à asperger le sol. On aurait dit qu'il faisait ça pour se changer les idées, ou mieux ; qu'il agissait comme un somnambule, avançant à petits pas méthodiques. Ça n'avait pas de logique son système, car il arrosait toujours le même coin du jardin. Le moustachu devait confondre les laitues avec du cresson.

C'est là que Josée a remué dans ma visée. J'ai délaissé l'arroseur fou pour épier sa compagne. Elle est montée directement dans la chambre pour faire sa valise. Ce qui m'a paru sage. Aujourd'hui, plus personne n'est obligé de subir les travers d'un mari acariâtre. Bonsoir chez vous, on prend son baluchon, on divorce, et on refait sa vie un peu plus loin. Mieux : les jeunes ne se marient pas, ils n'ont plus à passer devant monsieur le juge. Un petit mot sur le frigo et *ciao*, on se reverra à la fête de fin d'année de l'école des enfants. Ce n'est pas si mal, après tout.

Mais Josée a dérapé dans sa décision. Parce que cinq minutes plus tard, elle s'est arrêtée, elle est redescendue, elle est sortie et a rejoint le Pierre dans le jardin.

Le face-à-face s'avérait prometteur. De quoi peupler de souvenirs mes longues soirées de Breton solitaire.

Il s'est adressé à elle, très calme. Elle n'a pas moufté. Elle s'est avancée droit sur lui, soudain très décidée. Trois, quatre pas maximum, et elle a disparu.

Elle a été littéralement happée par le sol, aspirée par la terre. Bouffée par un banc de sables mouvants à prise rapide. Ça n'a duré qu'une nanoseconde. Elle était là et, en un clin d'œil, elle n'y était plus. J'ai bondi sur mes pieds, prêt à dévaler la pente pour aller voir; et je me suis souvenu que je n'étais pas censé espionner mes voisins. Je me suis baissé, j'ai ajusté les jumelles pour assurer la netteté sur l'arroseur.

Le Pierre était accroupi, la tête penchée sur un grand trou. J'ai enfin saisi. Avant, il y avait un puits. Le Mathias et la Corinne l'avaient condamné et recouvert pendant leurs travaux de rénovation, préférant l'eau communale à celle des profondeurs. Il faut avouer qu'avec toutes ces porcheries qui prolifèrent, la nappe phréatique est de moins en moins sûre, profondément polluée par le purin. Et la Josée était tombée dans le vieux puits. Mince, est-ce qu'il y avait encore de la flotte au fond?

Le Pierre est demeuré là trente longues secondes, gigotant les fesses en l'air, puis il est reparti vers la maison. Il est revenu avec une corde qu'il a accrochée au pommier et il est descendu. Je ne voyais plus rien. J'ai dû attendre, impuissant comme un vieux.

Je voulais y courir. Je ne pouvais pas.

Il a réapparu, enfin. Seul.

Il s'est précipité chez lui et je l'ai vu téléphoner.

Il est revenu au bord, s'est encore penché. Il criait à l'intérieur.

Quelques minutes plus tard, la sirène des pompiers bénévoles a retenti. Ils sont arrivés et sont descendus à leur tour.

Ils ont remonté le corps de la Josée. Morte noyée. J'ai pleuré de rage et de tout.

Je suis rentré chez moi et j'ai rejoint leur maison par la route. Il y avait foule devant. J'ai croisé les yeux éteints du Pierre. Putain de connerie !

16 juillet

Voisin voyeur

J'ai fait comme tout le monde, j'ai lu le journal. La planche qui couvrait le vieux puits était vermoulue et elle a craqué sous la pression du faible poids de la Josée. Disons qu'avec toute la flotte qu'il avait balancée ces derniers jours, ça n'avait rien dû arranger.

L'enquête a été rapidement menée. La conclusion s'est imposée : accident.

Le Pierre s'est terré chez lui et j'ai eu la décence de ne pas le déranger dans son nouveau deuil.

J'ai accroché ma paire de jumelles dans le placard. Je ne peux plus me coller les yeux à cet instrument. J'aurais l'impression de revoir la même scène. La Josée qui marche et qui est engloutie par le néant. Aspirée par la mort. Je l'imagine en bas, brisée, disloquée. Aura-t-elle survécu quelques secondes ? Le temps de se sentir partir, de paniquer, de hurler sa douleur. Le temps de se voir mourir. La vie ne tient décidément pas à grand-chose.

Il paraît que le Pierre doit repartir demain au Canada. Il va l'enterrer chez eux. Ça signifie que le Mathias et la Corinne vont avoir des vacances écourtées. Je n'aimerais pas être à leur place, ils doivent se sentir responsables. Ou non.

Y aura-t-il un procès pour négligence ? Ça dépend du Pierre. On le saura toujours assez tôt.

Le livre du Québec

Y'a des soirs avec
Et y'a des soirs sans
Des soirs galipettes
Et des soirs d'enterrement.

Tom Novembre
Y'a des jours avec et des jours sans

Mathias

Il est le druide et il a son roi.

Ils sont le couple indissociable qui doit se recréer. Leur équilibre trop longtemps rompu menace le sacerdoce celtique.

Le peuple breton ne restera plus longtemps orphelin. Ils vont devenir les pères de la vengeance, les héros des guerriers.

Bien sûr, il reste quelques détails à régler. Il y a Corinne, il y a Josée. Mais la période est favorable aux grands mouvements. Sa main ne tremblera pas : son initiation chamanique lui permet de la maîtriser.

Ils seront prêts pour Lughnasadh, le 1er jour d'août, fête du dieu du soleil, temps de l'accomplissement et des réalisations.

Il voudrait déjà en finir. Il doit se contenir.

Mathias

Ça y est, c'est fait, il s'est rasé la moustache ce matin. Il s'est rajeuni avec un rasoir jetable, lentement pour ne pas déclencher d'allergie cutanée. Cela fait drôle d'ôter en quelques gestes ce qui faisait partie intrinsèque de son visage. Il ne s'est pas reconnu dans la glace.

Il le fallait. Pour son roi.

Ils avaient inscrit cet acte, c'était prévu en ce sixième jour, une idée de Pierre. Et il était pressé de se présenter ainsi devant Corinne, sans commentaire.

Elle n'a d'abord rien dit, rien vu. La sotte ! Et puis...

— Mathias ! Tu as coupé ta moustache ! Fais voir. Ah, ça te change, c'est dingue. Bouge pas, tourne-toi. On dirait...

comment il s'appelle ? Tu sais, le chanteur avec toute sa troupe. Je l'ai : tu ressembles à Michel Fugain. Il va falloir que je m'habitue. Ça alors ! Mais, au fait, tu n'as pas peur qu'ils ne te laissent pas passer à la douane en France ? Bah ! tu as deux semaines pour la faire repousser. Elle n'en sera que plus drue. Non ?

— Je ne crois pas que ce soit nécessaire.

Il a frissonné en prononçant cette phrase. C'était précisément ce qu'ils cherchaient. Une phrase fermée qui clôt toute probabilité de débat. Une tirade brève avec un double sens pour eux, exprimant leur volonté forte, leur résolution d'avancer droit jusqu'à la réunion. Corinne n'a pas relevé. Elle était déjà repartie dans son verbiage.

— Ah. C'est toi qui vois. Bon, qu'est-ce qu'on fait aujourd'hui ? J'en ai marre du Festival de jazz. Les cuivres et les tambourins, ça me gave. Ça manque de voix, d'humain. Je n'ai pas l'oreille suffisamment musicale pour me pâmer debout en plein soleil devant une bande de maniaques qui soufflent dans leur trompette en t'ignorant. C'est de la musique d'intellos, je trouve. Non ?

— Oui, un peu.

— On devrait sortir de Montréal, faire une escapade sur un lac ou en montagne, je ne sais pas moi.

— Si tu ne sais pas, ne propose rien.

— Oh ! ne fais pas ton bougon, ça ne te va pas. Avec ton nouveau *look* glabre, ça détonne même complètement. Tu n'as pas une idée ? C'est toi le guide, assume ton rôle.

— J'avais songé aux baleines, à Tadoussac, mais…

— Génial. On y va !

— Calme-toi, Corinne, tu me fatigues. On est au mois de juillet, il y a des milliers de touristes au Québec qui sont venus exprès pour voir les baleines.

— Et alors ?

— Alors, il faut réserver si on ne veut pas dormir dans la voiture.

— Ah ! C'est moche.

— Ouais, c'est plate.

— Répète ce que tu viens de répondre.

— Non.

— Si ! Tu as dit « C'est plate ». Moi aussi, je l'aime cette expression québécoise. Ça exprime tellement bien ce que ça dit !

Elle avait fini par remarquer. Pas trop tôt. C'était le signal pour accélérer la cadence. L'avenir s'éclaircissait à vue d'œil. La formule, si souvent lue sous la plume de Pierre, lui était devenue familière. Il ne s'était pas creusé.

Ils sont finalement allés se balader le long du canal Lachine. L'endroit regorgeait de patineurs et de cyclistes en shorts et débardeurs. Un festival de la viande musclée à faire flipper un futur quadragénaire comme lui. Mais l'endroit était intéressant, ombragé et pittoresque. Ce qui n'est pas le cas partout à Montréal. Depuis leur arrivée, le mercure n'était pas descendu au-dessous de 25 degrés, jour et nuit. Ça cognait fort sur le bitume. Les éléments se déchaînaient sporadiquement pour un orage titanesque qui vidait sa poche d'eau sur les jazzeux de service. Cinq minutes plus tard, le sol était de nouveau sec et la lourdeur de l'atmosphère s'imposait derechef.

Il rêvait de la forêt si touffue de Brocéliande.

7 juillet

Mathias

Comme prévu, tout était complet à Tadoussac. Plus une chambre d'hôtel, plus un gîte, ni une place dans une auberge. La femme de l'Office du tourisme lui a proposé le camping. Et pourquoi pas dormir sous un pont, pendant qu'elle y était ? Ça s'est arrangé pour après-demain. Il a réservé dans un bed and breakfast situé tout près de l'embarcadère des bateaux qui emportent leur lot d'étrangers auprès des cétacés. Elles doivent en avoir marre les grosses de toutes ces embarcations qui les encerclent pendant qu'elles mangent. Il les voyait tels des animaux paisibles, vivant en famille dans la solitude des océans. Là, ça ressemble davantage à un parc d'attractions ouvert aux connards de toute la planète. Il déteste la foule. Qu'est-ce qui lui a pris de proposer ça à Corinne ?

Mais il fallait bouger, sortir. Il étouffe dans cet appartement. Il est trop impatient. Il piétine. Il devra se surveiller pour ne point commettre d'impair.

Au début, c'était parfait. Tout nouveau, tout beau. Ils ont débarqué le 1er juillet, avec la fébrilité de Français découvrant le Nouveau Monde. Le premier choc fut de se rendre compte à quel point, justement, les gens parlent français. Vu de l'hexagone, il imaginait le petit village d'Astérix qui résiste. Il croyait que la majorité s'exprimait en anglais et que leur belle langue n'était utilisée qu'en privé par une poignée d'irréductibles nostalgiques de l'ancienne mère patrie. Que nenni !

Le français ici, c'est un acte de résistance face à l'envahisseur. Il est causé avec force, affirmé, revendiqué. Le pire, c'est de poser une question en anglais à un Québécois. La méprise se fait sentir sans coup férir. Ils répondent en se foutant ouvertement de la bévue, dans la langue de Molière, et en imitant l'autre accent. Histoire de bien faire comprendre qu'ils ne sont pas les abrutis pressentis. On ne la leur fait pas. Corinne était tout excitée.

— Tu entends comment ils parlent ? C'est trop ! Je pige presque tout !

Ce genre de phrase quasiment hurlée dans un restaurant a attiré trente foudres noires sur leur table. La scène préliminaire d'une vendetta corse. L'un d'eux aurait dégainé sa hache en demandant si elle n'aimait pas sa façon de s'exprimer, qu'il n'aurait pas été surpris. Miss Lagaffe n'en rate pas une. L'âge ne l'a pas calmée. C'est presque le contraire qui se produit. Elle a l'air chaque jour plus stupide. Il est également fort probable que ce soit lui qui la supporte de moins en moins.

Le plus drôle, ce fut l'arrivée dans l'appartement : les deux derniers étages d'un immeuble sur le Plateau-Mont-Royal. La façade en briques rouges donne directement sur le trottoir, mais l'arrière s'ouvre sur une petite cour entourée de palissades de pin couvertes de vigne vierge. Un fort bel espace, aménagé sobrement, décoré sans excès. Pas forcément son genre, mais avec, par-ci par-là, quelques détails de bon goût. Pénétrer dans cet espace, y sentir l'emprise de Pierre, lui a procuré un curieux mélange d'émoi et de réconfort.

Mais comment analyser en profondeur cet état ? Ils étaient à peine parvenus au premier niveau que Corinne a voulu monter au second pour voir la chambre. Elle s'est immobilisée au milieu de l'escalier et l'a appelé avec sa voix de fausset.

— Mathias, viens vite ! Viens voir ! C'est incroyable !

Elle se tenait raide devant un cadre, bouche bée. Il a grimpé quelques marches pour faire celui qui découvrait... ce qu'il savait y trouver. Il a joué son rôle à la perfection.

— Regarde ce qu'il y a là. C'est fou cette coïncidence, non ?

Elle pointait la reproduction d'un tableau d'Edward Hooper, *Les rôdeurs nocturnes*. Ils en ont un identique dans leur salon à Ploërdou. Il a fait celui qui n'était pas surpris.

— Et alors ? Il doit y en avoir trois millions identiques sur terre. Nous n'avons malheureusement pas le monopole du bon goût, que je sache. Et ça prouve qu'à Montréal, ils aiment aussi la peinture américaine. Après tout, ce sont des références culturelles plus proches des leurs que des nôtres.

— Tu es vraiment blasé, toi. Je le sais bien qu'on n'est pas les seuls au monde à aimer Hooper ! Tu avoueras malgré tout que c'est rigolo, non ?

— C'est une des choses les plus hilarantes qu'il me soit arrivé de vivre.

— Ah toi, quand tu décides d'être con, il n'y a pas à tortiller : tu le fais à fond !

— Merci pour le con.

— C'est vrai à la fin. Rien ne t'épate, tout s'explique et

chaque chose est forcément à sa place. Si Vercingétorix habitait la porte à côté, tu aurais sûrement une explication logique pour me faire passer pour une idiote.

— Mais non.

— Mais si.

Ça débutait en plein dans le vif du sujet. Il a laissé couler. Il n'avait pas envie d'insister. Pas encore.

C'est Corinne, et personne ne la changera.

Surtout pas lui.

Il est temps de changer de peau.

En attendant leur départ vers la Côte-Nord, ils ont profité de la journée pluvieuse pour traîner dans les musées. Pour un féru d'histoire-géographie de sa trempe, avouons que ce n'est pas la cité idéale. En creusant, il y a bien quelques reliques dignes de ce nom, mais il a senti qu'il pourrait en assimiler l'essentiel en un rien. Seul le savoir oral des Amérindiens le branche, réveillant le druide en lui, les puissances contenues dans les forces de mère nature.

De toute façon, il est ici pour reconquérir son identité personnelle. Il a une face cachée à dévoiler, une unité à recréer. C'est cela qui importe. L'espace-temps est incompressible, il s'agit de faire vite.

Il a extrait de la bibliothèque de Pierre (l'hôte royal) un exemplaire fatigué des *Lettres persanes* de ce cher Montesquieu. Là-bas, la reine venait de choisir d'elle-même ce classique. Il convenait d'encourager le hasard, lorsque celui-ci décidait de si bien engager le processus.

Il se souvenait avec une pointe d'ironie du passage en revue des ouvrages, lors de leur arrivée. Corinne bondissait de surprise en surprise. Ce fut presque trop aisé.

— Regarde : le même livre sur Gaudi que le tien ! Et tous

ces auteurs : Roth, Céline, Vian, Perec, Fante, Goodis, Tabucchi, Dostoïevski, Harrison... C'est hallucinant, on se croirait chez nous à Ploërdou.

— Ouais, je dois avouer que nous avons pas mal de points communs.

— C'est incroyable, Mathias. Ils ont lu les mêmes titres que nous. T'imagines ça ! Ils ont les mêmes références littéraires. C'est vachement étonnant. Là ! Ce petit bijou que tu adores ; la suite policière de Claude Aveline. Mince, tout le monde n'a pas ça chez soi. C'est insensé. Il faut qu'on les appelle !

— Non !

— Comment ça, non ?

— Non, c'est non. C'est tout.

— Mais...

— Écoute, tu penses bien qu'ils ont probablement fait le même type de découverte en tombant sur nos livres. Et ils ne nous ont pas appelés pour autant, à ce que je sache.

L'utilisation du téléphone n'avait pas été envisagée. Il perçut un danger potentiel. Il fallait crever l'abcès avant que le mal se répande.

— Ils n'ont pas osé, ou ils s'en foutent. Ou alors ils ont peur de se ruiner en téléphone, proposa Corinne.

— Ou ils ont admis que le destin est une réalité à laquelle personne n'échappe. Et aussi que nous ne sommes pas seuls sur terre ; quelque part nous avons des doubles, des êtres qui sont nous à l'intérieur d'un autre corps.

— Arrête tes salades. Tiens, ça par exemple : *La renaissance du courant druidique en Bretagne*. Un ouvrage tiré à 200 exemplaires par les éditions Lugnasad. Je ne l'ai pas lu, mais toi, tu l'as étudié durant des heures. Je te soupçonne même de le connaître par cœur. Et ça ne te fait rien de le trouver ici, à Montréal, chez des gens qui n'ont jamais mis les pieds dans notre région ? Non ?

Ce livre ne faisait pas partie de la liste établie. Il ne l'attendait pas, mais sa présence s'expliquait aisément. Le roi lisait les mêmes écrits que son druide. Preuve supplémentaire de leur lien. Corinne n'avait pas remarqué sa surprise. Elle était lancée.

— Je ne crois pas à tes histoires de double ou de triple, c'est du langage de schizophrène. À la limite, je peux admettre qu'on ait des sosies, ça s'explique. Ça s'arrête là. Stop ! Halte à tout ! Le celtisme ne passera pas par moi… Faut pas trop délirer quand même.

— Respecte les croyances des autres, je te prie. C'est sûr qu'une infirmière psy comme toi analyse les choses différemment. L'esprit évolue parfois librement et ce ne sont pas des pilules ou des électrochocs qui vont le ramener hors de sa fange. Les meilleurs s'affranchissent des tares et des défauts organiques. Un être peut s'améliorer au contact d'un autre, ou à la suite d'un déclic venu du plus profond de lui-même.

— Ça n'a rien à voir, Mathias. Je suis capable de faire abstraction de mon boulot. Non, je trouve simplement que toutes ces coïncidences sont troublantes. Et que j'aimerais bien connaître ces gens.

Il y eut ensuite l'inventaire des disques, et ici encore tout était si familier à Corinne. Il observait ses réactions en frissonnant. Ça paraissait trop facile. La pauvre ne se doutait de rien, s'excitant toute seule. Sensation qu'il partageait.

Il lui a tendu le livre. Elle se détendait en haut sur le balcon, à moitié assoupie.

— Tiens, tu devrais lire ça : les *Lettres persanes* de Montesquieu. Je t'en ai déjà parlé. Comment un étranger voit la France et comment les Français le lui rendent. Ça n'a pas une ride. C'est d'une actualité brûlante.

— Passe.

Mathias

Ils sont donc partis pour Tadoussac, pays chéri des mammifères marins à l'embouchure de la voie fluviale du Saint-Laurent. Et destination bénie des agents de voyages par voie de conséquence.

Une voiture louée, flambant neuve, la grosse américaine. Il avait réclamé le plus petit modèle, on lui avait répondu qu'il n'y avait rien au-dessous de l'intermédiaire. Il s'est demandé s'il fallait mettre cette dénomination sur le dos d'un manque de syntaxe du loueur, d'une traduction approximative de la catégorie ou d'une angoisse de l'infiniment normal. La question est demeurée sans réponse.

C'était une grosse Ford bleue, boîte automatique, air climatisé, vitres électriques, ligne quelconque, confort garanti… toute recherche de sensations techniquement annihilée par le constructeur. Bouclez vos ceintures, ne dépassez pas les 90 km/h et roulez en vous bourrant de FM merdique. Mais pourquoi critiquer puisqu'il déteste conduire ?

Corinne avait empoigné d'autorité le volant, étonnamment à l'aise dans ce nouvel engin. Une vraie gamine expérimentant la conduite de son véhicule télécommandé, livré la veille par le père Noël en personne. Difficile de partager ce type de jubilation infantile. À classer d'emblée dans la catégorie « comportement régressif primaire ».

Rien de bien surprenant à vrai dire.

— Regarde : on roule plus vite que les trains, avait-elle en guise de conversation.

Ils dépassaient tranquillement un interminable convoi de marchandises s'avançant à vitesse petit v. Cela aurait pu leur donner l'impression de progresser rapidement. Il préférait scruter le paysage, tentant d'y déceler quelque particularisme géomorphologique. En vain. Ce n'était qu'une vaste plaine alluviale, paysage triste pour Brel en puissance, plat à bâiller. Ce qu'il exprima par un commentaire succinct :

— C'est plat.

— Ça y est, tu l'as redit !

— Quoi, qu'est-ce que j'ai redit ? Je viens d'ouvrir la bouche.

— Tu as redit « c'est plate ». Pour la quatrième fois. Je les ai comptées. Tu deviens complètement québécois, mon cher Mathias. Complètement *fun* dans ta caboche.

— Je n'ai pas dit « c'est plate ». J'ai dit : « c'est plat », pour souligner le fait que nous traversons une plaine, un plat pays qui n'est pas le mien.

— Moi, j'ai entendu « c'est plate ».

— Eh bien, toi, tu devrais te nettoyer les oreilles un peu plus souvent, voilà tout.

Le ronron du moteur Ford a vaguement couvert le silence qui a suivi. Il en a profité pour enfoncer davantage le clou — question d'entretenir la douleur.

— C'est toi qui es plate, Corinne.

— Je sais, tu as toujours fantasmé sur les filles à grosse poitrine. Désolée, je ne dépasse pas le format mandarine.

Elle devait trouver sa réplique désopilante, car elle a éclaté de rire. Lui non.

— Blague plate, a-t-il remarqué.

Le voyage a continué sur ce climat de franche camaraderie et ce n'est pas lui qui y changerait quoi que ce soit. Il souhaitait cette lourdeur équivoque. Il a continué son travail de sape.

— Tu n'as rien remarqué de bizarre dans cette voiture ? a-t-il questionné sur le ton de l'initié prêt à partager son savoir.

— Euh… si : il n'y a pas de vitesses. C'est automatique. Et lorsque tu ne boucles pas ta ceinture, ça sonne. Le tableau de bord est bilingue, et…

— Non, il manque quelque chose. Ou plutôt : on a volontairement retiré un des accessoires mythiques d'une automobile.

— Je ne vois pas ce que tu veux dire, Mathias. Il n'y a pas

de chromes, c'est ça ?

— Non, ici, à l'intérieur. Devant ton nez.

Corinne a cherché, ses yeux passant à toute allure de la route à l'habitacle. Elle a inspecté chaque coin, mais n'a rien vu. Il a dû l'aider.

— Là, il n'y a rien.

Il désignait l'emplacement du cendrier qui n'y était pas, remplacé par une plaque en plastique noir décorée d'un sobre sigle invitant à ne pas fumer. Ce qu'il faisait. Il n'avait pas allumé une cigarette depuis deux jours et cette conne n'avait rien remarqué. Adieu gitanes et fumée bleue, il est dorénavant un autre dans les moindres volutes de son être.

— Mathias ! Il n'y a pas de cendrier, ni d'allume-cigare. Et… et tu ne fumes pas ! Je n'avais même pas fait attention. Je trouvais ça normal de ne pas être asphyxiée par tes clopes. Ça fait longtemps ? Tu veux arrêter ? Tu ne m'avais pas prévenue. Tu toussais trop ?

— Non, aucun rapport avec ma santé. J'ai définitivement stoppé. Depuis 48 heures et à jamais. Je suis désormais un non-fumeur, un point c'est tout. J'abandonne les automatismes de la cigarette pour fonctionner à l'envers. Devenir autre, autrement, tout en étant encore moi-même. Un druide doit être exempt de toute tare. Tu saisis ?

— Pas un traître mot. C'est un druide qui t'a soigné ?

— Corinne, tu…

— Ce n'est pas grave. Seul le résultat compte. Je suis super contente que tu aies arrêté. Tu avais le teint jaune ces derniers temps. Bravo ! Félicitations !

— Je n'ai pas besoin de félicitations. Surtout pas de ta part.

— Pourquoi tu dis ça ? C'est méchant.

— Oui.

Il s'est muré dans son silence, jubilant. Corinne a accéléré en serrant les dents. Jubilant, il vous dit.

Après Québec, le paysage a commencé à devenir de plus

en plus vallonné sur la rive nord du fleuve. La route montait et descendait, coincée entre les montagnes et l'eau. La beauté avait repris ses droits. L'air sentait l'océan. C'était admirable et admiré. Corinne conduisait en poussant de minuscules cris de joie, tel un nourrisson qu'on berce pour l'endormir.

Juste avant Tadoussac, il y avait un bac pour traverser la rivière Saguenay. Les eaux étaient larges. Le ciel s'était dégagé, mais un vent d'ouest leur faisait supporter un blouson de toile.

Ils se pointèrent ensuite au débarcadère où mouillaient les bateaux pour la visite guidée au centre du fleuve.

Tout le monde s'assied, scrutez et écoutez les directives en silence, SVP ! Le premier qui aperçoit une nageoire n'a rien gagné.

Ils ne virent pas de baleine bleue, plutôt des petites noires, beaucoup de bélugas et se farcirent une ambiance bon enfant détestable.

— Tabarnak !

Il a sacré contre les bonds du Zodiac qui filait à toute allure à la poursuite des grosses bestioles. Il déteste être secoué. Corinne avait insisté pour monter à bord de cette petite embarcation plutôt que sur un des gros bateaux de pêche recyclés en transport de Japonais. Ils étaient habillés en cosmonautes, bonnet enfoncé sur le crâne, ciré marin jaune et vent debout. Ridicules à souhait.

Il avait décidé d'abandonner définitivement les jurons (non pas qu'il en utilise tant) pour les sacres québécois (tabarnak, de tabernacle — voire aussi tabarnouche ou tabarouette). Bien que cramponnée à son banc et sautant dans les airs, Corinne a réagi comme prévu.

— Tu as dit « Tabarnak ».

— Et alors, crisse ?

Crisse, de Christ — crime est utilisé pareillement. Des combinaisons sont permises, genre « hostie d'chris'de câlice ou tabarnak de crisse de simonaque ». C'est un Lego, ça

86

s'emboîte dans tous les sens.

— Tu parles québécois, Mathias. Tu sacres !

Elle a failli jouer à la femme à la mer, rapport à ses mains qui avaient lâché prise. Son voisin, touriste audiblement américain, l'a rattrapée au vol en s'esclaffant. Ils ont ensuite engagé une conversation dans une sorte de charabia qui aurait fait frémir Shakespeare. Il a fait mine de s'intéresser aux volumineux occupants du fleuve.

9 juillet

Mathias

— Mathias, tu exagères, ça coûte une fortune Internet. On n'est pas chez nous. Comment va-t-on savoir combien on leur doit en téléphone ? lui avait-elle lancé le jour où il s'était installé à l'ordinateur de Pierre.

— Ma chère Corinne, tu n'y connais rien. Sache que nos hôtes ont un abonnement pour un usage illimité. Que j'y passe zéro minute ou 70 heures, ça n'augmentera pas leur facture d'un centime.

— Je ne pouvais pas savoir. Tu ne m'expliques rien de ce que tu fabriques. Mais quand même…

— Quand même quoi ? Je ne casse rien. Et j'en profite pour me balader à l'œil dans le monde entier. Autant abuser, non ? À la maison, c'est toujours l'angoisse des secondes qui courent, des connexions qui mettent une plombe à se faire. Là, pas de stress, je peux surfer sans me déconnecter à tout bout de champ.

— Tu cherches quoi, sur le Net ?

— Oh, toutes sortes de choses. Je furète. Je butine. Je farfouille à droite et à gauche. Je me documente.

— Passionnant pour des vacances !

C'est ainsi qu'il avait repris ses contacts avec le roi. L'excuse était superbe. Et Corinne ne connaissant quasiment rien au « ouaibe », il était libre de ses pérégrinations dans le cybermonde. Il se sentait rôdeur qui repère ses proies et concocte patiemment un plan d'attaque, un viol, un acte définitif et mal. C'était comme s'il communiquait directement avec le diable. Dans le silence du bureau de Pierre, il pianotait quelques phrases assassines qui venaient exciter chacune des terminaisons neuronales réceptives (dendrites) de son hémisphère cérébral gauche (celui qui analyse, qui traite l'information). Il lui semblait mener le bal de son existence. Il était ivre.

Ce matin, à Tadoussac, il était debout dès l'aube, pressé de repartir. Ils ont filé vite. Il conduisait en flirtant en permanence avec les excès de vitesse. La police devait dormir dans toute la province, car nul képi ne surgit à l'horizon dénué de relief. Sa tête était ailleurs. Il ne songeait qu'à rentrer à Montréal, à rétablir le contact. Corinne ne comprenait pas.

Ils effectuèrent le voyage du retour en écoutant de la musique country. Il pleuvait sporadiquement ; pas de quoi mouiller la terre en profondeur, ni rafraîchir l'atmosphère orageuse.

Le soir même, le voici tout tremblant devant la boîte à messages électroniques. Ça clignote. Son correspondant a envoyé une missive. Vite, où en sont-ils ? Que devient le roi ? Il dévore.

Mon cher frère,
La vie en Bretagne est merveilleuse. Je travaille raisonnablement, je sors peu, je contrôle mon destin. Je le rectifie plutôt. Et cela va pour le mieux.
Hier, je l'ai frappée. Oui, tu as bien lu : une gifle retentissante qui s'est imprimée sur sa joue. Ça m'a procuré un

bonheur sans nom. C'était une porte que je claquais sur mon passé. Un geste sans retenue, sans remords, plein de haine et de joie de revivre. Pour une première fois, ce fut une réussite. Le choc inattendu, le bruit, la violence du coup, ma froideur déterminée; tout a concouru à la perfection de cet acte.

Elle paraît à bout et je ne lèverai pas le petit doigt pour soulager son effroi. Nous approchons chaque jour du but.

Qu'en est-il de ton côté? Montre-t-elle des signes de peur? Vas-tu assez loin?

Fraternellement,

P.

Il en aurait pleuré de joie. La bonne nouvelle! La bonne idée! Une gifle: voilà ce qui manquait à sa manœuvre. Il était ému de sentir à quel point ils étaient proches, si complices, tellement accordés. Une compréhension plus forte que les distances, plus puissante que l'océan et le temps. Ils s'étaient retrouvés et ne se quitteraient plus une seconde. L'univers se focalisait soudain en un point net: eux deux unis en un seul. Lui en l'autre, l'autre en lui et les deux ne font plus la paire. La perfection de l'unicité. L'équilibre parfait, paré à résister contre vents et marées. Il souriait béatement en tapant son message de réponse, les yeux embués d'émotion. Ses doigts tremblaient.

Il devait impérativement se montrer à la hauteur des attentes. Il avait pris un léger retard qu'il se promettait de rattraper le soir même. Il convenait d'avancer les coudes serrés. En bloc.

Mon cher frère,

Félicitations! Te lire m'a comblé. Tes mots paraissaient sortir de ma propre bouche. Du miel. Tu sembles si heureux que je ne peux que l'être autant. Je me sens toutefois légèrement en décalage, et les fuseaux horaires n'y sont pour rien. Je vais donc mettre en pratique ton expérience. Dès ce soir, je passe à l'action.

Pour le reste, tout s'installe parfaitement. Corinne commence à bouillir.
Je suis si impatient!
Fraternellement,
M.

Il éteignit le modem, prit une profonde respiration et se leva. Il fallait glisser de la théorie à la pratique. Sans ambages. Il se frotta les mains l'une contre l'autre pour mieux ressentir leur contact. La force de l'une imprimant sa détermination dans la paume de l'autre.

Il alla rejoindre Corinne sur le balcon. Elle somnolait. Il s'approcha sans bruit, glissa lentement sa main sous la jupe et soudain, lui écrasa la chatte tout en lui susurrant à l'oreille :

— Alors, ma chienne sale, tu rêves de ma grosse queue ?

Elle fit un bond et le regarda avec les yeux d'un verrat à qui on va trancher la gorge. Il maintint prise, accentuant encore la pression sur le recto de sa culotte.

— Qu'est-ce qui te prend, lâche-moi ! Tu es devenu fou.

— J'aime ça quand tu résistes. Continue.

— Arrête ton cinoche, bordel ! Enlève ta main de là.

Il glissa le majeur sous le tissu, explorant la chair très intime de sa femme.

— Tu mouilles, ma crisse de salope.

— Mathias, tu…

Il lui arracha sa culotte et ouvrit son pantalon.

— Assez jasé, tourne-toi que je te fasse jouir. Que je te fourre !

— Mais tu es dingue ! Tu te prends pour qui ?

Le visage de son roi lui apparut. Il ne se prenait pas pour un autre, puisqu'ils ne formaient qu'un. Immobile, l'autre lui souriait. C'était la représentation de son guide qui lui signifiait quel acte commettre. Il a tout de suite compris. Il devait faire mieux que copier. Il fallait marquer une légère avance, ouvrir à son tour la voie.

Le coup, frappé violemment sur la joue gauche, la fit s'écrouler en arrière. Elle se mit à gueuler. Il lui tira les cheveux en lui intimant l'ordre de la boucler. Et la pénétra sans plaisir charnel. Juste le bonheur de la sentir sous sa domination. Son sperme a jailli comme la vapeur d'une cocotte-minute ; pour signaler que c'était prêt, fini. On pouvait passer à table.

— Ça m'a donné faim cette petite partie de jambes en l'air. Pas toi ?

Corinne sanglotait, face contre plancher.

— Ça change un peu, tu ne trouves pas ? Il faut casser la routine, sinon c'est lassant. Il est essentiel d'ajouter du piquant à un plat trop fade. C'est plus… sport. C'est ça, c'est le mot que je cherchais. Sport. Ça doit être le grand air du Saguenay qui m'a ouvert la libido. Et l'appétit avec. Qu'est-ce que tu dirais d'un restaurant japonais ? Il paraît que les sushis, c'est aphrodisiaque. Remarque, vu tout le gingembre qu'ils y mettent, ce n'est pas étonnant. Es-tu prête ? Non ? Eh bien moi, j'y vais. Si tu as le goût d'une bonne bouffe, je suis au Tokyo, à deux pâtés de maisons au sud. Bye-bye.

Il s'est éloigné en sifflotant.

— Ah, au fait ! Le sud, c'est vers le bas sur une carte.

Il bandait mollement en repensant à la scène.

Les sushis étaient parfaits.

10 juillet

Mathias

Le balcon. Voilà qui l'intéresse. Parce que c'est d'ici que tombera Corinne. C'est en s'appuyant contre cette rambarde pourrie qui cédera sous son poids qu'elle culbutera dans le vide pour s'écraser à la verticale sur la grille rouillée qui sépare la terrasse du jardin. Elle devrait se fracasser la colonne vertébrale ou le crâne. Il ne peut malheureusement pas être certain qu'elle mourra sur le coup. Il faut qu'il y réfléchisse. Cela doit passer pour un accident, aucune ambiguïté possible. L'idéal serait évidemment qu'elle atterrisse sur le cou, se le brise net et atteigne le paradis des Bretonnes, avant qu'il la rejoigne par l'escalier de secours qui communique par l'extérieur. Sinon, il lui faudra bien l'achever.

Oh, ce n'est pas l'acte qui le préoccupe en soi, c'est davantage ce désir d'une mort parfaite, la première fois, sans besoin de corriger le tir. Tel un peintre qui exécute sa toile d'un seul geste ample, assuré, définitif. Il voudrait exécuter Corinne de cette façon. Non pas pour respecter une quelconque esthétique de vie, mais afin d'offrir le sacrifice parfait aux dieux. Que la femme du druide périsse pour que son sacerdoce s'effectue.

Il est vrai qu'après la petite séance violesque de la veille, elle ne voudra pas retourner sur ce balcon de sitôt. Il lui reste plusieurs jours pour l'y attirer, ou l'y surprendre. Une simple poussée bien appuyée suffira à faire lâcher le peu de bois qui tient encore l'ensemble. Il a déjà testé, ne vous inquiétez pas. Ça ne demande qu'à craquer. Quelle belle chute en perspective ! Il souhaite expérimenter cette magie sans tarder.

Mais la préparation psychologique de la victime exige encore quelques ajouts. Du peaufinage de sécurité. La future morte lui paraît trop vaillante. Il doit persévérer dans son travail de sapage du moral. Dans son entreprise de destruction des certitudes. Ce cher petit bout de femme, toute seule, perdue loin de chez elle, doit se sentir plus menacée qu'un jeune Cambodgien traversant pieds nus un champ de mines antipersonnel. Ainsi sont les victimes, entrevoyant leur sort inéluctable, figées de peur, elles doivent savoir ce que les dieux leur ont réservé. Pierre a bien insisté là-dessus : il faut voir la terreur dans les yeux de Corinne bien avant que son trépas soit en cours. Le roi affirme qu'ainsi le bourreau se sent davantage une âme de libérateur que d'assassin. Il le croit volontiers.

Au rez-de-chaussée vit une vieille dame sourde comme un pot, qui ne sort quasiment pas. Elle « écoute » la télé à la journée longue, anglicise-t-on souvent *icitte*. Sa main droite s'est muée en une zapette organique qui commande au câble les changements éventuels de chaînes. La race des télévores voit ainsi peu à peu le jour. Une génération après l'autre, la mutation s'opère.

Cette femme le fascine. Ainsi, ils ont chacun leur petit vieux. En Bretagne, c'est Fernand. Cet irremplaçable voisin et ses jumelles braquées sur tout ce qui bouge. Les oiseaux ont bon dos. Tu parles ! Le vieux grigou mate, le salaud ! Il le sait, il a repéré sa planque derrière chez eux, sous les arbres le long du sentier qui serpente en haut de leur propriété. Il a suffi d'un reflet du soleil dans ses viseurs pour deviner. Deux jours plus tard, il a fait l'amour avec Corinne dans leur salon, rideaux grands ouverts. Il voulait que le vioque en ait pour son argent. C'est que ça coûte cher des jumelles de cette précision. Ils allèrent le lendemain le saluer dans son jardin. Le regard qu'il darda sur Corinne en disait long sur ce qu'il avait éprouvé en les voyant forniquer.

Dans un courriel, il en avait touché un mot à Pierre. Le roi avait aussitôt suggéré d'utiliser Fernand dans son plan. Leur plan. Transformant cette éventuelle faiblesse en force.

Puisqu'il voulait regarder, la petite Québécoise mourra sous son œil attentif de paisible retraité. Ce serait le témoin. En cas de pépin, il pourrait lui faire avouer qu'il avait tout vu. Alibi malgré lui. L'idée était assez géniale.

Concernant la vieille, il faudra agir autrement. Impossible de brouiller la cervelle de Corinne devant ses yeux de téléspectatrice dégénérée. Mais il connaît l'heure précise de son coucher et de son lever. Réglée comme du papier à musique, la mémé. Son alter ego n'a rien omis. Ce cher Pierre !

Le jour où il a retrouvé son frère fut le plus important de sa vie. Il avait laissé un message dans un de ses sites celtes préférés, sous la rubrique *Nés le même jour*. Le but était de rechercher les affinités astrales, l'impact des étoiles sur les êtres. Les écrits étaient classés par dates de naissance. Lui, né le 17 juillet. Il y avait une réponse sous les quatre lignes autorisées. Son cœur avait fait un bond.

Le nom de Pierre lui a sauté à la figure, apparu ici-bas à la même date. Il l'attendait, c'était certain. Mathias et Pierre, nés le même jour. L'autre au Québec, lui en Bretagne. Enfant abandonné livré à la DASS dès sa naissance, il ne sait rien de ses parents. Il est seul au monde. Ou plutôt, il l'était. Pierre lui a révélé qu'il était son frère. Son jumeau. Il l'a cru, car c'était forcément la vérité. Le roi avait cette force divinatoire. Le druide savait simplement que la vérité venait de cette voix qui lui avait désigné sa réplique utérine. Il lui a immédiatement envoyé un message afin de lui faire part de sa vision.

Peu à peu, ils ont fait connaissance.

Pierre était également un enfant sans parents, élevé dans une famille d'accueil. Et les similitudes pullulaient. Dans chacune de ses missives, le roi lui renvoyait des *Moi aussi* troublants. Ils avaient tous deux été adoptés par une famille de paysans. Leur premier chien répondait au nom de Sire. Ils souffraient de rages de dents répétitives. L'influence de l'hérédité est flagrante. Irréfutable.

Indubitablement, ils étaient d'authentiques frères jumeaux. Mais il y avait beaucoup plus qu'un simple lien sanguin. La puissance celtique les avait choisis pour recréer le nœud magnétique. Un plus un.

Il avait trouvé un frère de combat, son roi Arthur. Le hasard n'existe pas. Il faut écouter les signes venus d'en haut. Son statut d'intermédiaire entre les dieux et les hommes lui permettait de savoir. Le druide se gorgeait de force.

Il fallait maintenant les réunir. Ressouder physiquement ce qui ne l'avait plus été depuis le ventre de leur mère. Ils avaient vécu 9 mois de complicité, puis près de 40 années de déchirement. Le temps ne se rattrape pas, mais une vie peut se reconstruire. Elle le doit.

Très vite, ils en sont arrivés à une évidence : ils ne pourraient jamais vivre pleinement leur gémellité en présence de femmes. La sienne n'était pas digne d'un druide, remettant en question ses injonctions et ses interdits. Quant à la femme du roi, elle n'avait jamais pu lui donner une descendance. Comment une dynastie royale peut-elle se construire sans fils ? Pierre appelait Josée *l'inutile.* Il lui en voulait à mort d'être stérile. Il désirait maintenant la punir devant la puissance celtique. Le druide ne pouvait qu'approuver.

Un roi et un druide, frères de sang et de matrice, symboles ultimes du renouveau celte, soudés dans l'autorité souveraine. Il fallait supprimer les mauvaises épouses pour que cette puissance gémellaire explose. Une renaissance.

Toute la suite fut préparée dans la fébrilité et la rigueur. Ce devait être parfait. Et jusqu'à maintenant, ce l'était.

Voilà pourquoi Corinne mourra en s'écrasant sur la grille en bas. Aucune haine ne l'habite. Juste un besoin vital de se fondre dans son double. Parce que le 17 juillet, la puissance chamanique revivra. Ils auront 40 ans et seront réunis à tout jamais. La mort soulagera la peur qui grandit chaque jour dans le ventre creux de sa femme.

Il ignore où se terre son épouse pour encore quelques heures. Cette nuit, elle a dormi sur le canapé du bas. Ce matin, elle était sortie quand il a émergé vers huit heures. Depuis, aucune nouvelle.

C'est compréhensible. Et plutôt bon signe pour la suite.

Quand elle reviendra, car elle va revenir d'ici peu, elle exigera des excuses. Sa réplique fusera, toute prête.

— Peine perdue, ma chérie. N'oublie pas que nous sommes aussi mariés pour le pire.

Et toc !

Mathias

Qui est-ce qui avait raison ? C'est lui, comme d'habitude !

Corinne s'est présentée dans la soirée. La mine ravagée, l'haleine chargée. Elle avait dû picoler toute la journée. Il a failli rire en la voyant. Il s'est contenu par pur respect pour les années passées. Après tout, ce n'est pas sa faute si elle subit tout ceci.

— Mathias, il faut qu'on discute.

L'envie d'échanger n'était pas réciproque ! Comprenez-le bien. Corinne et lui se sont formés ensemble. Quinze ans de vie commune, ça laisse des traces. Plutôt des bonnes, d'ailleurs. Il n'a pas de haine envers elle. Un brin d'amour subsiste même. Le fait est que leur couple n'a plus de raison d'être. C'est ainsi. Il doit couper le cordon, briser les chaînes, casser la baraque, pousser sa femme dans le vide.

Sur sa tombe, il gravera le triskell avec ses trois tourbillons. La terre, le feu et l'eau réunis pour l'accompagner dans son au-delà.

Corinne est revenue avec sa mine renfrognée et sa gueule de chienne battue, il a cru à une apparition. Mais elle était tout ce qu'il y a de plus vivante, seulement un rien défraîchie.

— Mathias, regarde-moi et réponds-moi.

Il lui a servi sa réplique toute prête. Elle a pâli. Visage de craie d'où n'émergeaient que ses beaux yeux bleus. On aurait dit une scène de théâtre nô.

— Salaud, ordure, connard… fou !

Ce quatrième dénominatif lui a écorché l'ouïe. Il accepte d'être tout ce que l'on veut, tout ce que l'on imagine. Tout, sauf fou. Il a rugi.

— Corinne, tu dérapes dangereusement. Retire ça ! Excuse-toi.

Il a joint le geste à la parole, la menaçant de sa main droite brandie. Ça l'a réveillée.

— Vas-y, frappe-moi. Ne te gêne pas ! Ça t'excite ? Hein, c'est ça. T'as besoin d'excitants pour ressusciter ta libido ? Pauvre tache ! Lâche !

— Je n'ai besoin de rien. Ce n'est pas ce que tu crois.

— C'est quoi, alors ?

— Je ne peux pas te l'expliquer.

— Mais accouche, bordel. À quoi tu joues ? Tu te rases la moustache, tu changes de vocabulaire, tu arrêtes de fumer… C'est ça ! Je percute : tu es en manque de nicotine, tu pètes tes plombs. J'aurais dû sentir le vent venir. Je vais t'acheter une grosse boîte de Nicorette et on pourra clore le débat.

— Laisse tomber tes conneries. Je suis en train de muer.

— Ouais, je vois ce que c'est. L'approche de la quarantaine, le démon du midi et les quinze ans de réflexion. Je n'en ai rien à foutre, moi, de tes prises de tête de vieux con. Parce que jusqu'à preuve du contraire, c'est mon cul que tu as baisé tel un porc, hier soir. Tu te sens plus viril, aujourd'hui ? Débile !

Et elle a tourné les talons. Repartie dans les rues. Sûrement retournée se saouler. Tant mieux, bon débarras. Il abhorre les discussions qui dégénèrent. Les gens devraient parvenir à s'exprimer sans se cracher à la figure. Mais il lui pardonne, car elle va rejoindre le monde magique des âmes de l'Argoat. Qu'elle profite au mieux de ses derniers jours.

Surtout qu'il n'y a pas eu que des accrochages aujourd'hui. Tout au contraire. Comment passer sous silence ce message de Pierre ? Ponctuel à son habitude. Depuis le début, le roi le tient au courant des moindres de leurs faits et gestes. Et il lui rend la pareille. Ça permet de demeurer en phase, d'échanger quelques trucs, d'avancer conjointement vers la fin commune. Ou le nouveau départ, devrait-il préciser.

Là, il était entré dans la procédure finale.

Mon cher frère,
Je suis heureux de voir que nos méthodes communes por-
tent fruit de façon identique. Ici, je suis seul la plupart du

temps. J'ai demandé à Josée de faire la touriste sans moi. Sa solitude doit lui peser. Je sais que mon mutisme représente le pire des supplices pour sa nature exubérante. Tant mieux.

J'ai localisé la planche qui recouvre ton ancien puits et j'ai entrepris de l'arroser abondamment. Je suis certain que c'est bien là, car j'entends l'eau couler à l'intérieur. Bien sûr, je te fais confiance. Je n'ose cependant pas vérifier de trop près l'avancement du pourrissement du bois, vu que Fernand l'espion rôde sans cesse aux alentours. Pas plus tard que ce matin, j'ai distingué un reflet de lumière provenant du sous-bois en haut. Je mouille le sol avec ton vieil arrosoir. En sifflotant. Je ne voudrais pas toucher aux plantes et herbes qui cachent si bien la trappe. J'ai l'impression d'arroser les fleurs sur la tombe de ma future feue blonde.

Et toi, quoi de neuf après ta séance de baise d'hier ? As-tu revu la pauvre victime ? Que lui as-tu concocté pour la suite ? Il ne faut pas relâcher la pression. Les derniers jours seront les plus intenses et les plus exaltants. La peur femelle doit transpirer de tous leurs pores. La vois-tu dans les yeux de Corinne ? Continue !

Fraternellement,

P.

Il avait frémi, sensible à l'encouragement, désireux de se montrer à la hauteur des nobles conseils de son roi.

Cette fois, ils étaient parés l'un et l'autre. Il ne fallait cependant rien précipiter. Le jour des morts était fixé au 15 juillet. L'ennemie serait acculée à son destin.

Il a répondu à Pierre, le tenant au courant des derniers rebondissements, du retour de la femme en colère, de son départ en pire état. Il lui a également signalé où était enroulé le tuyau d'arrosage, outil propice à la précision et au gain en intensité. La planche devrait être plus imbibée que maître Kanter en personne.

Amusant de songer que leurs deux moitiés allaient mourir

dans une chute. Ils avaient longuement échafaudé mille plans pour exécuter leurs femmes. L'idée de l'accident était incontournable, mais sous quelle forme ? Les enfermer dans une auto et les expédier en enfer du haut d'une falaise. L'une au Finistère et l'autre en Gaspésie. Sauf que le problème des témoins gênants revenait sans cesse. Pierre ressassait toujours son idée première : choisir un lieu neutre, pour un bon accident domestique. Ils avaient listé divers moyens faciles à mettre à exécution chez eux. Ça faisait plus bricolage qu'autre chose.

Ils avaient dressé l'inventaire des points faibles de chaque maison. Le roi a bondi sur le puits abandonné, sortant ensuite le balcon vermoulu de son chapeau. Quelques discrets travaux d'accélération du mal et le tour serait joué. Dans les deux cas, un état de décomposition avancée serait à l'origine de leur libération. Ce qui prouve que leur vie actuelle se détériorait dangereusement. La gangrène se propageait. Plus pour longtemps.

Pour l'heure, il ira se promener sur le mont Royal.

Il n'écrira pas de mot à Corinne pour lui signaler où il se trouve. Elle n'a qu'à se démerder.

12 juillet

Mathias

Ce matin, au réveil, Corinne se tenait dos à lui, sur le fameux balcon. Prête à périr. Il a retenu son souffle. L'esprit embrumé, il s'est approché en évitant de faire craquer le plancher. C'est là qu'elle s'est retournée et lui a souri ! Toutes ses dents en position pour la parade. Il est demeuré interdit, coupé dans son élan meurtrier. L'expression heureuse de sa femme fut plus efficace que le cri qui tue. Il l'avait échappé belle. Elle aussi.

— Bonjour Mathias. Tu as passé une bonne nuit?

Elle lui a sorti sa tirade bon marché, mine de rien. Ça l'a scié. Elle a continué sur cette lancée conciliatrice. Véritable miracle du pardon chrétien, de l'apaisement onusien, de l'amour et de l'imbécillité. Elle s'est approchée afin qu'ils s'embrassent! Il s'est écarté d'un pas. Sa joue a conservé sa virginité.

— Allez Mathias, on efface tout et on recommence. Je crois que ce voyage nous a fait prendre conscience que notre couple devait passer un cap. Alors essayons de franchir notre Rubicon sans trop nous abîmer. Sans heurt ni violence, quoi! On n'est plus à la maternelle à se chamailler dans la cour de récréation. Tu sais, j'ai beaucoup réfléchi à ce que tu m'as lancé l'autre soir après le… le cul. J'admets tout à fait que tu veuilles repartir sur des bases saines, essayer de nouveaux trucs. J'irais jusqu'à t'encourager. On vieillit, tu vas avoir quarante balais dans cinq jours. Ça te travaille sûrement, c'est normal.

Son flot verbal ne s'était donc pas tari. Après 48 heures de sécheresse, elle avait refait le plein et pouvait de nouveau le noyer sous sa dialectique d'infirmière. Le pire, c'est que cette conne l'avait absous. Merde, tout cela n'avait servi à rien? Il s'est retenu pour ne pas la ceinturer illico et la balancer dans le vide. Genre ferme-la une fois pour toutes et passons à la question suivante. Il s'est maîtrisé. Il faisait grand jour, la vieille devait mater sa télé et quelques voisins étaient certainement vautrés sur leur balcon à boire le café. Honnêtement, les mots lui ont d'abord manqué. Il fallait pourtant répliquer. Méfions-nous de cette fourberie toute féminine. Il sentait l'esprit du roi qui rôdait en faisant les gros yeux. Il a usé de son métalangage.

— Merci Corinne. Criss', je crois que tu viens de nous faire gagner quelques jours.

— Seulement des jours! Je vois que tu n'es guère optimiste pour notre avenir. Mais prenons notre temps, tu as sûrement raison. Un jour après l'autre, nous…

— Je suis avant tout réaliste.

Le plus épatant dans l'affaire est qu'elle venait de sauver leurs plans sans le savoir. Si elle n'avait pas fait flotter son grand drapeau blanc entre eux, il aurait bêtement précipité les événements. Là, il a sagement choisi de battre en retraite. Surtout qu'elle s'était étendue sur le lit et le dévisageait avec des yeux de merlan frit.

— Je vais surfer sur Internet. Vis ta vie, fais comme si je n'étais pas là. Va te balader en ville.

Il avait besoin de se brancher avec Pierre, de rétablir le lien gémellaire. Il s'est enfermé dans le bureau et a tapé :

Mon cher frère,
Méfie-toi de Josée. Les femmes sont fortes. Corinne vient de me faire le coup de l'épouse qui comprend. Pire : elle compatit. Rien à foutre de sa pitié.
Peut-être n'ai-je pas assez forcé la dose ?
J'ai repensé à ton idée du peignoir. Brillante trouvaille. Je vais tenter un truc du genre. Que me conseilles-tu de typique dans ta garde-robe : t-shirt, casquette, chemise ? Je dois me glisser définitivement dans tes habitudes. Devenir toi.
Mais ne t'inquiète pas, tout demeure sous contrôle. Dans trois jours, on n'en parle plus. D'ici là, je vais la faire mariner dans sa bonne nature étouffante. Si je n'encourage pas sa diarrhée verbale, elle va s'étouffer avec. Je n'ai pas besoin d'une mère pour m'épanouir. Mais de mon frère ! De mon roi.
Fraternellement,
M.

Cette petite missive l'a détendu. Aussitôt, la réponse s'est présentée. Le roi était bien à l'écoute.

Mon cher frère,
Non ! Les femmes ne sont pas fortes. Ce sont des esprits fourbes. Reprends-toi !
Ne lui adresse plus la parole. Concentre-toi sur notre but.

Reste patient.
   Ici, tout est parfait.
   Fraternellement,
   P.

Gonflé à bloc par ces mots royaux, il n'entendait plus un son dans la pièce à côté. Il est sorti du bureau sur la pointe des pieds pour rejoindre la chambre. Les sous-vêtements de Corinne traînaient là, sorte d'appel à la débauche. Leur vue lui a arraché un début d'érection. Où se cachait leur propriétaire ?

Elle n'était pas dans le lit, ni dessous. Il a perçu un frou-frou dans la salle de bains et s'est vite enfui avant qu'elle tente de l'attirer dans son piège de femelle. Il a pris le temps d'arracher une bretelle de soutien-gorge. La chair est faible, certes, mais l'esprit peut s'avérer plus puissant. Il en fit la preuve en allant s'imprégner de l'âme montréalaise.

Il a acheté le journal et s'est installé sur une terrasse rue Saint-Denis, à l'abri des regards. Il a évité de parler pour ne pas se faire traiter en touriste. Plongé dans sa lecture, les doigts pleins d'encre de mauvaise impression, il s'est recentré sur son moi.

Il faisait très chaud, l'humidité de l'air l'oppressait. Il s'est rendu compte que son pantalon de toile détonnait au milieu de tous ces jeunes gens en short. Le camouflage, ce n'était pas ça. Il a avalé son espresso allongé d'un trait et s'est dirigé vers une librairie qu'il savait climatisée.

Il s'est souvenu d'un pèlerinage qu'il voulait accomplir. Il a donc continué sur le trottoir, tourné à droite dans la rue Marie-Anne pour la remonter jusqu'au boulevard Saint-Laurent. Avant le carrefour, sur une petite place, il a cherché sa maison. La demeure de Leonard Cohen. Chanteur, poète, figure mythique s'il en est. Avant de venir à Montréal, il croyait qu'il était américain. Une biographie parcourue il ne sait où lui avait appris la vérité. Il s'est approché de l'adresse. Tout était fermé. Il a fredonné le début de *Suzanne*. Comme si ça pouvait le faire sortir, qu'ils allaient se taper dans le dos et boire un coup comme de vieux potes. Il s'est trouvé ridicule.

Il a traversé la rue pour se rafraîchir le gosier dans un bar aux vitrines grandes ouvertes. Une Belle Gueule à la pression en main, il a supputé que Corinne avait probablement effectué le même trajet pour échouer dans ce lieu. La grande différence entre eux deux résidait dans la démarche. Elle avait besoin de se repositionner, alors qu'il lui suffisait de la balancer au rayon des souvenirs pour décoller dans l'espace d'une fratrie masculine. Elle était devenue une amie, une pièce rapportée, une sœur d'adoption. Il avait besoin d'un frère de sang. Un vrai jumeau avec qui partager la force et le renouveau d'un peuple en perdition. Un sang frais, guerrier et rédempteur.

Pierre et lui savaient que le seul fait de se retrouver déclencherait un processus cinétique. La réunification de leur énergie serait un déferlement de puissance à l'image du mur de Berlin s'écroulant sous les coups des Allemands trop longtemps séparés. Ils pourraient lever une armée de sang pur, redresser la morale bretonne, sauver leur patrie qui s'enlise dans la francitude.

Il est le druide et Pierre est son roi.

Vivement qu'elles crèvent !

13 juillet

Mathias

Journée *off*, calme et cinéma.

Avant de partir, il s'est amusé en farfouillant dans les affaires de Corinne. Il y a pris son t-shirt préféré et glissé sa jupe noire derrière un meuble poussiéreux. Elle qui a tendance à se répandre et s'éparpiller, elle ne pensera jamais qu'il est l'auteur des disparitions. Il riait seul.

Mathias

Bizarre de se trouver à l'étranger le jour de la fête nationale. Un brin incongru. C'est là qu'il a compris à quel point il est français. Ou tout du moins que cette notion patriotique lui a été inculquée de force. Magistral matraquage idéologique.

Il reste d'abord breton au quotidien et celte dans l'âme. Avec foi, avec passion. Mais bêtement, le défilé des chars de la 2e DB lui a manqué. Il se sent ridicule.

Ils ont participé à la traditionnelle fête du 14 Juillet devant l'Alliance française. Il dit « ils », car Corinne l'accompagnait. Le rendez-vous était pris depuis le début des vacances et ce fut donc facile de se retrouver là. Ils sont partis sans en parler, ils ont marché sans un son. Jusqu'au coin de la rue Sainte-Catherine, l'artère commerciale de Montréal. Cet environnement a déclenché il ne sait quoi chez sa femme. Un truc verbal, c'est certain, une réaction du langage.

— Eh, je suis déjà venue ici ! Si tu continues à gauche, tu débouches dans le quartier homo. Ils appellent ça le village gay. Sympa ce nom, non ?

Il n'avait pas besoin de répliquer et ça tombait bien, car il n'en avait nulle envie.

— C'est super sympa, avec plein de grandes terrasses pour décompresser. J'ai bu quelques bières dans un de ces bars et tu ne devineras jamais par qui je me suis fait draguer. Par une fille ! Oh ! la vache, j'étais hyper gênée. Elle, pas du tout. Quand elle m'a touché les épaules pour me faire un massage parce que je lui paraissais tendue, j'ai eu peur. Je suis partie. C'est bête, hein ? En plus, elle était super canon. Genre Meg Ryan. Avec tout ce qu'il faut au bon endroit, le nombril à l'air et les cuisses en béton armé. J'aurais dû me laisser faire. Ça ne doit pas faire de mal, une petite expérience de temps à autre. Et ce n'est pas toi qui prétendras le contraire.

Même commentaire que précédemment. Il n'y avait aucune réplique possible, ni envisagée. Ils marchaient vite et Corinne s'essoufflait en causant. Heureusement, la rue descendait.

— Après, je suis remontée vers l'ouest et j'ai poussé jusqu'au Musée d'art contemporain. J'ai vu une expo : des installations d'un artiste finlandais. Pas mal. Et puis…

Et ainsi de suite jusqu'à ce qu'ils arrivent à destination. De grands drapeaux tricolores, une minifoule au parler vite identifié. Quoique… Ça causait français, mais avec des accents du Sud-Ouest, du Midi, d'Alsace, de Paris. Un échantillon représentatif de la population hexagonale. Ils ont attendu le début des festivités. Il n'avait pas desserré les dents depuis leur départ. Et Corinne commençait à craquer.

— Dis Mathias, tu vas faire la gueule toute la soirée ? Parce que sinon, ce n'était pas la peine de venir.

Il revoyait le dernier message de Pierre qu'il avait lu avant de sortir. Tout frais, tout chaud débarqué sur l'écran. Ça l'avait dopé. Une véritable injection de stéroïdes en pleine gueule. De l'adrénaline en intraveineuse.

Mon cher frère,

Le 14 Juillet en Bretagne, c'est quelque chose ! Je te passe les détails : tu connais ça bien mieux que moi. Non, la partie intéressante concerne bien sûr notre couple vivant sa dernière soirée. Je ne l'ai pas ratée !

Après l'avoir ignorée pendant la fête et le feu d'artifice, j'ai continué durant le bal. Pas un mot, pas un regard.

Et c'est au retour que ça a explosé. Sa colère a lâché sous la pression du gros volume d'alcool qu'elle s'était descendu. Elle hurlait, moi pareil. Et là, je lui ai dit que je la tuerais. Elle a fait demi-tour. Je lui ai encore crié qu'elle avait intérêt à profiter de sa soirée. J'ai senti qu'elle me croyait. Enfin !

Voilà où j'en suis. Je suis seul. Josée n'est pas rentrée. Demain est le grand jour. Je ne peux pas fermer l'œil. Je devais te tenir au courant. Tu vois, chaque jour est un cran au-dessus.

Je suis si heureux. Si tu avais vu ses yeux de bête traquée !
Elle est fin prête pour mourir. Un pur régal.
Fraternellement,
P.

Pierre avait dit à Josée qu'il allait la tuer ! Il espérait juste qu'il n'y avait pas eu de témoins. Ça serait trop con. En attendant, c'était à lui de jouer à Montréal, ici. Ce soir était le dernier pour faire sauter le bouchon. Et Corinne qui persistait dans son verbiage insipide !

— Ça ne vaut pas l'ambiance du bal de Ploërdou, mais c'est rigolo. Tu crois qu'il va y avoir un feu d'artifice ? Qu'est-ce qu'ils font ici, tous ces Français ? Et moi qui croyais que c'était original de passer ses vacances au Canada. Un peu plus et c'est la Côte d'Azur. Enfin, presque… Je trouve que leur drapeau, il aurait besoin d'un bon coup de fer. On dirait une serpillière bleu blanc rouge. Ha, ha, ha ! elle est bonne celle-là. Une serpillière bleu blanc rouge ! Bonjour le symbole. C'est mortel l'ambiance, je trouve. Qui est le retardataire ? L'ambassadeur ou le consul ?

Bla bla bla. Appelez ça un moulin à paroles. Branché sur une vis sans fin, il débite ses âneries sans discontinuer. Mortel, en effet.

Il avait mieux à faire.

La fête a débuté. Divers flonflons, une Marseillaise reprise en chœur par l'assemblée dissonante, des cris, des rires jaunes et deux larmes sur les joues d'une vieille dame. Son heure approchait.

La musique est devenue dansante. Dalida, Joe Dassin et Claude François ont déclenché des hurlements. Le vin rouge comme la boisson au houblon expliquant cela. Ça chauffait dans tous les sens du terme et Corinne se déhanchait sans grâce au milieu des autres nostalgiques de la Bastille. Demain, il ne resterait que quelques fanions Ricard et des traces d'urine sur les murs.

Lui, il sirotait une bière locale. Une Molson sans goût ni trop d'alcool. Le genre léger qu'on peut boire jusqu'au bout de la nuit.

— Vous ne dansez pas ?

Cette phrase lui fut répétée *ad nauseam*. Quand le peuple commémore, la participation se doit d'être générale. Il n'avait pas la tête à célébrer le passé, la veille du jour J. Si loin encore de la journée du 17, celle des retrouvailles du roi et du druide. La République pouvait bien bambocher tant qu'elle voulait, il s'en contrefichait plus que de l'an 40.

Et la magie a opéré. Les dieux veillaient sur leur druide.

Comme prévu, Corinne avait exagéré sur le gros rouge qui tache. Elle chancelait parmi un groupe d'étudiants hystériques. Pitoyable.

Elle a fini par se vautrer par terre, se râpant au passage la cuisse gauche sur le macadam. Ça pissait le sang. Les gens ont tenté de l'aider, de la relever, malgré ses gesticulations. Ses yeux se posaient sur lui, histoire de lui faire croire qu'elle assurait, que tout était sous contrôle. Défi de femme. Il lui a accordé cinq minutes et quand elle a rejoint le pavé une seconde fois, il a fendu la foule, l'a empoignée sans ménagement et l'a jetée dans un taxi. Direction : la maison. Conversation dans la voiture :

— Tu n'es qu'une tache, Corinne. Regarde dans quel état tu t'es mise. Bourrée, en sang. Crisse, tu n'as plus dix ans !

— Mathias, sois gentil avec moi. Dis-moi que tu m'aimes.

— Hostie, tu dérailles, ma pauvre. Comment je pourrais aimer une… une débile pareille. J'ai d'autres projets dans la vie, moi.

— Ah oui, mon chéri. Lesquels ?

— Je t'expliquerai ça demain. Là, tu n'es pas en état d'apprécier. J'ai peur que tu gerbes sur la banquette.

Le chauffeur du taxi écoutait sans en avoir l'air. Quand il a parlé de la gerbe, même si le terme ne lui était pas familier, l'oreille de Moscou en a compris la signification et a appuyé sur l'accélérateur. Ils ont débarqué à bon port cinq minutes plus tard.

Il a ouvert la porte de l'appartement et indiqué l'étage à Corinne.

— Toi, tu dors là-haut dans la chambre, bien tranquille. Moi, je vais me taper le canapé en bas.

— Mon amour, tu n'as pas envie de passer cinq minutes avec ta Corinne ? Je ferai tout ce que tu voudras.

— Arrête tes conneries, tabarnak ! T'es trop saoule pour faire quoi que ce soit.

— J'ai envie de te sucer…

— Eh bien, garde tes pulsions intactes. Demain il fera jour.

Elle dormait debout.

Il faisait nuit, elle était bourrée. Il eut un déclic.

Le balcon !

Génial, le coup de la femme qui se jette sur la rambarde parce qu'elle a trois grammes d'alcool dans le système sanguin. Bordel de merde, il ne fallait pas rater l'occasion. Et puis, avec les six heures de décalage, c'était le 15 en France. Il a réfléchi à toute vitesse. La vieille du rez-de-chaussée devait dormir plus profondément qu'une bûche. Le chauffeur serait témoin que Corinne ne tenait plus debout. Plein de gens l'avaient vue se casser la gueule par terre à deux reprises. Il n'y avait pas à tortiller une seconde. Direction : la mort.

— Bon, Corinne, si tu me prends par les sentiments…

— J'ai envie de ta grosse bitte… Hi hi hi !

— Je t'accompagne dans la chambre.

— Non, je n'aurai pas la force. Reste là.

Elle tentait de trifouiller dans sa braguette. Très maladroitement. Il fallait monter.

— Je vais t'aider. Je n'ai pas envie de faire ça ici.

— Allez, laisse-toi faire… Je sens que tu bandes comme un taureau.

C'est vrai que cette petite salope lui faisait de l'effet. Mais ce n'était pas une sorcière qui pouvait dicter sa conduite à un druide. Une fois dans la chambre, elle pourrait bien lui faire une pipe et il la jetterait ensuite dans le vide. Sauf que si du sperme est découvert dans la bouche du cadavre, il devra expliquer pourquoi il n'a pas tenté de la sauver. Il pourra justifier ceci par le fait qu'il s'était endormi dès qu'elle avait accompli son devoir conjugal. Tant d'hommes s'assoupissent après le sexe. Les flics comprendront cela.

Il l'a saisie par-dessous les aisselles et ils ont grimpé les escaliers. Elle pesait une tonne, complètement affalée sur lui. Ils ont fait valdinguer les tableaux dans l'escalier, mais sans rien décrocher. Le Hooper est resté suspendu à sa place. En soufflant comme des ânes, ils sont parvenus à l'étage. Il l'a allongée sur le lit. Elle continuait à glousser plus fort qu'une vierge en chaleur. Elle lui a attrapé le pantalon, lui massant les couilles avec violence.

— Ça manque d'air ici. Je vais ouvrir.

— Tu as raison Mathias. Respirons un peu l'air pur.

Son pouls a poursuivi sur ce tempo meurtrier. Il la tenait. Ils vivaient enfin leurs derniers instants ensemble. Il a ouvert la fenêtre en grand, a jeté un œil à l'extérieur. Tout était calme, silencieux, endormi. Parfait. Il a appelé Corinne.

— Je crois que ce serait génial que tu me suces sur le balcon.

— Hi, hi, hi… Mon gros cochon est romantique. J'arrive, mon amour. Baisse ton pantalon, je vais te faire ça sous la lune.

Il voulait qu'elle vienne à l'extérieur, qu'elle laisse ses empreintes sur les vitres, sur le chambranle. Il l'a entendue se lever, approcher. Son plan était simple : la placer entre lui et le vide, rester debout pour la forcer à s'agenouiller. Ensuite, la propulser quand elle se mettrait à le sucer, en déséquilibre total. Suffisamment fort pour briser le peu de bois qui tenait encore. C'était si parfait, il en riait intérieurement.

Il a examiné une dernière fois le jardin, histoire de vérifier si la mamie était bien en train de rêver à ses héros de téléromans. Ça avait l'air de pioncer dur. Le destin lui était favorable. Le sacerdoce celtique ne serait plus longtemps rompu.

Soudain, il a senti une formidable poussée dans son dos. Il ne se tenait pas, il n'a pas pu s'agripper quelque part, il a foncé dans la rambarde qui a lâché instantanément et a basculé dans le vide. Dans le noir. Tellement vite. Sa dernière vision fut celle de la barrière métallique dans la cour. Gros plan sur la rouille. Il l'a heurtée tête la première. Son crâne a fait un bruit bizarre. Une bouteille en plastique vide que l'on écrase avec le talon.

15 juillet

Corinne

Comment ai-je pu tuer celui que j'aimais ?

Comment ai-je pu adorer un fou ?

L'amour aveugle.

Comment ai-je pu vivre quinze ans avec cet homme sans me rendre compte de son état mental dégénéré ? Comment ai-je pu me leurrer ?

La passion de Mathias pour les Celtes me paraissait liée à ses origines orphelines. Né de parents inconnus, il se reconstituait des racines plus lointaines, enfouies dans les âges. Cette quête me semblait celle d'un érudit local, une déformation professionnelle de prof d'histoire-géo. Sa bretonnitude comblait un vide. J'étais vraiment loin de la réalité.

C'est fini. Le cauchemar s'est achevé dans la nuit. Mathias n'est plus et moi je suis ici. Dieu soit loué ! Pour une fois que la technologie est de mon côté.

La police m'a réveillée ce matin à l'aube. J'avais la tête prête à exploser, lendemain de cuite. J'ai vu la fenêtre que j'avais laissée béante, la barre du balcon qui pendait dans le vide. Je n'avais donc pas rêvé. J'ai détourné la tête et je suis descendue ouvrir. C'était le branle-bas de combat.

Ambulance, voitures de flics, sirènes, voisins sur le trottoir et la dame du dessous qui pleurnichait. Un jeune policier est entré sans me demander la permission.

— Bougez pas d'ici !

Il a refermé la porte. Il est monté dans la chambre. Pour redescendre cinq minutes plus tard.

— Que s'est-il passé ?

— Quoi : que s'est-il passé ? C'est à vous de vous expliquer, monsieur l'agent.

— Comment ça, vous ne savez pas ?

— Vous ne savez pas quoi ?

— Votre mari, cette nuit…

— Eh bien quoi ? Il a fait une connerie ?

— Non, c'est…

Le gars me désignait le jardin du menton. Il aurait dû deviner que je n'étais pas au parfum, sinon j'aurais appelé moi-même. Enfin, je veux dire qu'il était censé subodorer que je ne savais pas de quoi il retournait.

— Il est tombé du balcon. Il est mort sur le coup en s'écrasant sur une barrière en bas. Il n'a pas l'air d'avoir souffert.

— QUOI ?

— C'est la dame du dessous qui l'a découvert en sortant son chat.

Là, je me suis assise. Par terre. Et ce n'était pas une simulation. J'avais besoin de me ressaisir. La réalité peut s'avérer ardue à gérer.

— Vous n'avez rien entendu, rien remarqué ?

— Non, je dormais. Nous sommes sortis tard hier soir pour faire la fête. C'était le 14 Juillet, vous comprenez. On a beaucoup bu. Je crois que j'ai exagéré. Je n'étais… pas en forme. J'avais envie de faire la fête. J'ai dépassé mon quota, quoi. Je me suis écroulée sur le lit en arrivant. Vous voyez : je suis encore habillée. Il a dû rester éveillé. Je… je n'avais pas remarqué qu'il avait tant bu. Je n'étais plus en état de…

— Le bois du balcon est tout pourri. Il a dû briser quand il a pesé dessus et il est tombé.

— Il est vraiment mort ?

— Ah ça, il n'y a pas de doute.

— Merde.

— Vous voulez le voir ?

— Je… Non. Oui… Maintenant ?

— Ça peut attendre, a-t-il dit en faisant un geste.

La sirène de l'ambulance s'est éloignée. J'ai rempli quelques papiers. Le flic m'a expliqué que je devais venir au commissariat pour les formalités d'usage, pour le corps, l'enquête, tout ça.

Et je me suis retrouvée seule.

Je suis montée dans le bureau en évitant de regarder la porte du balcon. J'ai allumé l'ordinateur. Ce foutu ordinateur qui m'avait sauvé la vie ! Cette maudite bécane qui avait fait de moi un assassin. J'y ai découvert un long message pour Mathias. Je l'ai lu trop tard.

Une atrocité barbare :

Mon cher frère,

Josée est morte. L'accident parfait. Je te raconte.

Je suis sorti tôt ce matin pour arroser la planche du puits. Je voulais être en place quand Josée sortirait. J'ai donc arrosé avec le boyau que tu m'avais indiqué et j'ai attendu. Longtemps.

Elle a fini par émerger vers 10 h. J'étais très calme. Elle a fait ce que j'avais prévu. Elle m'a foncé dessus sans prendre l'allée. Je m'étais placé de façon que le puits soit dans sa trajectoire. Dès qu'elle a posé le pied dessus, ça a craqué, elle est tombée dans le trou. Je me suis précipité.

J'ai fait comme si je ne savais pas — au cas où ton voisin nous aurait observés. Je me suis penché. Elle gisait en bas, encore vivante. Alors j'ai inspecté l'intérieur. Il restait de l'eau au fond, pas profond, peut-être trois pieds. Je me suis relevé, je

suis allé chercher une corde, je l'ai attachée au pommier et je
suis descendu dans le puits. Josée me regardait avec les yeux
de celle qui voit un pompier apparaître au milieu des flammes.
Elle s'était visiblement brisé une jambe. J'ai pris sa tête et je
l'ai maintenue de force sous le niveau de l'eau. Elle n'avait
plus la force de réagir. Je l'ai noyée. Je suis ressorti, j'ai
appelé la gendarmerie. Ils ont conclu à la noyade. Je suis libre.
   Et toi ?
   Fraternellement,
   P.

J'ai couru vomir dans les toilettes. Je savais qu'ils étaient
deux connards mystiques, des fanatiques assassins, mais on
a beau être préparée, l'horreur dépasse toujours la réalité.
Encore merde !

Tout cela a démarré il y a deux jours. Je trouvais Mathias
changé, trop sûr de lui, possédé. Ses transformations, son
attitude avec moi, le viol — appelons les choses par leur
nom — la gifle : il y avait forcément une raison à cela. Il y a
toujours une explication ; le plus dur étant de la découvrir.

J'étais sortie de la douche et il n'était plus là. Parti sans un
mot. J'ai tourné en rond à la recherche d'un soutien-gorge en
état, pour me retrouver dans le bureau avec ce foutu ordinateur. Je l'ai fixé avec haine. J'en étais jalouse. Comme s'il me
volait mon mari pour me gâcher mes vacances. Je l'ai allumé.

Je ne suis pas une as en informatique, mais je me débrouille
à cause de l'hôpital. Mathias ne le savait pas, le boulot et
toutes les histoires de barjos de la journée, j'évite de lui
raconter. J'ai besoin de penser à autre chose lorsque je suis
chez moi. On peut virer malade à soigner des hystéros.

Toujours est-il que j'ai cherché des dossiers, des textes, je
ne savais pas quoi. Rien. J'avais du temps à perdre. Je me suis
branchée sur Internet. Encore un truc de l'hosto : maintenant,

on doit expédier comme ça les dossiers médicaux des malades transférés. Au début, je devenais folle avec cette technologie, mais à force de répéter les manips, ça devient un automatisme.

Il fallait un code d'accès.

C'est ce qui a été le plus complexe. J'ai tout essayé : dates de naissance, numéros de rue, prénoms, titres de romans ou de chansons… J'ai dû en taper une bonne vingtaine. Je sentais que les minutes filaient. Mathias risquait de surgir d'une seconde à l'autre. J'ai regardé autour de moi dans le bureau. Il y avait un grand poster de Leonard Cohen, un de ses premiers disques. Une chanson m'est venue à l'esprit : *Suzanne takes your hand…* J'ai commandé à ma main de taper le nom de la chanson mythique.

— Suzanne, ouvre-toi !

On appelle ça avoir le cul bordé de nouilles. Une fois sur Netscape, j'ai foncé dans la messagerie. Même sésame pour entrer, ouf ! Je tremblais d'excitation. Et là, j'ai aperçu un petit icône avec le nom de Mathias. Je l'ai ouvert. J'ai tout lu. J'étais atterrée.

Mathias avait sauvegardé toute leur correspondance depuis notre arrivée à Montréal. Tous ses messages, et ceux que Pierre lui envoyait de France. Une suite de délires, de méchancetés sur leurs femmes, de débilités innommables sur les Celtes et sur eux. Ces cons se croyaient jumeaux ! Des vrais jumeaux, qui plus est. Affolant. Des discours de gamins, d'illuminés. Sauf que peu à peu, j'ai vu où ils voulaient en venir : me tuer moi et tuer Josée, la femme de Pierre. Tout avait été monté avec application. Le complot parfait avec échange de maisons soi-disant trouvées par hasard, le conditionnement psychologique avec accumulation de coïncidences troublantes, l'intervention de leurs personnages, les meurtres maquillés en accidents.

Je n'y ai pas cru.

Je n'ai pas cru qu'ils iraient jusqu'au bout. C'est pour cela que je n'ai pas prévenu la Québécoise. Je voulais les ridiculiser, les démasquer au dernier moment.

J'ai eu tort. Je m'en veux. Je n'aurais pas dû jouer avec le feu.

Et surtout, Mathias a devancé ses plans d'une journée. C'est ça qui a tout foutu par terre.

Hier soir, j'ai compris ce qu'il s'apprêtait à faire. Il m'attirait sur le balcon pour me faire basculer du côté des morts. J'ai aussi admis qu'il était définitivement perdu. Pour moi, pour la société. Il évoluait dorénavant dans l'autre camp ; celui de ceux que je vois à l'hôpital. Son regard ne trompait pas, semblable à tous les autres, tous les schizos-paranos qui « crisent ». Tous ces fêlés que je voulais oublier pendant mes vacances. Et personne ne me le rendrait intact. Ça aussi, je le savais.

Il voulait me tuer ! J'en tremblerai toute mon existence. Tuer sa femme pour retrouver un gars qu'il ne connaît pas. On appelle cela du délire à l'état pur. Dans ces cas-là, la réalité n'a plus aucun sens. Elle est modelée selon ce qui leur passe par la tête.

Ils pensaient devenir les nouveaux maîtres de la Bretagne celte moribonde. Aux fous ! Je ne pouvais pas reculer. Quand je l'ai vu devant la fenêtre, dos à moi, j'ai fermé les yeux et je l'ai poussé.

Voilà, c'est tout. Je me suis couchée et j'ai dormi. Je n'avais pas peur, je me sentais soulagée. Vous vous rendez compte !

Là, je lorgne l'écran. Je ne sais pas ce qui me prend. Je ne veux pas devenir la prochaine victime.

Sans réfléchir, j'écris quelques lignes :

Mon cher frère,
Moi aussi, c'est fait.
Fraternellement,
M.

Le message est parti. Je ne peux plus le rattraper.

Je dois rendre visite aux flics.

J'espère que je ne vais pas leur débiter trop de conneries.

Le livre entre deux terres

Revenir d'exil
Comporte des risques
Comme rentrer une aiguille
Dans un vieux disque.

RICHARD DESJARDINS
Et j'ai couché dans mon char

Corinne

Je suis allée voir le policier. Les administrations sont des anti-émotions. Dans les pires situations, il y a un fonctionnaire qui se pointe pour vous faire signer un formulaire B22, ou rappeler aux convives qu'ils sont en train de dépenser l'argent des descendants indirects. Je ne sais plus ce que je raconte, j'ai progressé au radar toute la sainte journée, me laissant guider par les événements. Je vais me reprendre. Plus tard.

Comment oublier que je suis une meurtrière ? Y avait-il tant de haine refoulée en moi ?

Le flic, donc, originaire de la Beauce (je l'ai su, car un de ses collègues y a fait allusion). La Beauce au Québec. Une grande et belle région agricole, d'après les prospectus touristiques. Et une façon de s'exprimer assez rude, rauque, profonde. Du vrai langage, ça monsieur. Il s'appelle Réal Lalumière. Joli patronyme.

À mon arrivée, il avait déjà reçu une analyse sanguine. L'autopsie complète demandait une journée supplémentaire.

— Pas de trace de médicament, pas de drogue non plus, mais un taux d'alcool au-dessus de la moyenne saisonnière déjà assez élevée, merci !

— C'est-à-dire ?

— C'est-à-dire vraiment très élevé. Qu'est-ce qu'il a bu exactement votre mari dans la soirée ?

— Mathias buvait presque exclusivement de la bière.

— Ça veut dire au moins huit grosses.

Devant mon air interrogatif, il a précisé qu'il s'agissait de grosses bouteilles, genre format double. Soit seize canettes derrière la cravate. C'est vrai que ça commençait à chiffrer.

— Tant que ça ? Je ne m'en suis pas rendu compte.

— C'est votre problème.

— Mmm.

— Bon, un gars du labo passera aujourd'hui pour examiner de près la galerie… Vous restez donc à notre disposition. Vous ne bougez pas de Montréal tant qu'on n'a pas résolu l'affaire.

— Ça peut durer longtemps ?

— Ça dépend. C'est rare que ça traîne, mais il y a les imprévus… Ah, il faudrait contacter les propriétaires, pour l'assurance, etc.

— Je m'en suis occupé.

— Parfait. On a aussi retrouvé votre chauffeur de taxi. Il a juré que vous aviez l'air… pas mal paquetée.

— Paquetée ! ?

— Ou ivre, saoule, si vous préférez.

— Bourrée, bon.

Il s'est levé, il a fait le tour de son bureau et a désigné ma cuisse couverte de croûtes.

— C'est quoi, toutes ces gales ? Vous vous êtes fait mal ?

— Je suis tombée. En dansant. Deux fois, si je me rappelle bien. Je vous l'ai expliqué, j'avais vraiment trop bu. C'est d'ailleurs pour ça que Mathias a voulu rentrer. Vous pouvez vérifier. Il y avait beaucoup de monde avec nous.

— On verra ça. Vous voulez porter plainte contre le propriétaire ? Négligence ayant entraîné la mort…

— Non, c'est un accident. Mortel, mais je ne veux pas en plus faire du tort à ces gens. C'est déjà assez compliqué ainsi.

— C'est vous qui voyez. Vous avez le droit de changer d'idée. Donc… si tout va bien… (silence)… si on conclut à un accident, vous pourriez repartir après-demain au plus tard. D'ici là, vous avez intérêt à ne pas vous éloigner.

Il insistait un peu lourdement. Je n'aimais pas ça.

— Et… Mathias, où est-il ?

Le policier m'a fixée.

— On l'a placé dans un frigo, à la morgue. Vous devriez appeler l'aéroport pour arranger le retour du corps. Les compagnies d'aviation n'aiment pas trop ce genre de… marchandise.

— Merci.

Je suis repartie, toute droite dans mon rôle de nouvelle femme seule. J'avais suffisamment de paperasse à remplir pour m'occuper l'esprit. Il fallait avertir la France, préparer l'enterrement et tout.

De retour à la maison, j'ai donné mes coups de fil. J'ai dû jongler avec les horaires, les assurances, les douanes, jouer les veuves éplorées, pleurnicher. Prévoir un véhicule pour apporter le cercueil de Paris jusqu'en Bretagne. Et patati ! et patata ! Pierre allait se retrouver avec une facture de téléphone à rallonge.

J'étais détruite. Je commençais à comprendre que Mathias était réellement mort. Je me revoyais le pousser dans le dos, dans le noir, dans l'au-delà. Je n'étais donc qu'une tueuse sans âme. Mon geste demeurait si réel.

Depuis mon message, pas de réponse sur la messagerie. Pierre devait effectuer le même type de démarches que moi. Le parallèle s'arrêtait là. Je ne pleurais pas un faux frère jumeau, moi. Ni non plus la chute de la grande maison celte. Mon lot me suffisait : la perte de l'homme que j'aimais. Une perte doublée d'une trahison. Sans doute eût-il mieux valu que je n'en sache rien. Il fallait vivre avec cette merde dans le ciboulot.

L'enquêteur est passé dans l'après-midi. C'était un petit gros genre fouineur. Il m'a détaillée de la tête aux pieds avant de s'attaquer au balcon. Il m'aurait filmée toute nue que ça m'aurait fait pareil. Photos, prélèvement de morceaux de la rambarde, empreintes, inspection du jardin, de l'escalier de secours… La totale. Comme dans les séries B.

J'ai recommencé à me poser mille questions. Et si on découvrait que je l'avais poussé ? Et si quelqu'un m'avait vue ?

— Alors ?

— Je ne comprends rien. Le bois est pourri à l'os. Le propriétaire ne vous a pas avertis ? Il n'a rien dit sur son balcon ?

— Non, enfin pas à ma connaissance. C'est mon mari qui

121

s'est occupé de tous les contacts. Il lui en avait peut-être parlé et il a oublié de me le signaler.

— Il faudrait jaser avec le proprio. Parce que ce n'est pas votre mari là où il se trouve qui va nous raconter ce qu'il en pense.

— Je lui poserai la question.

— À qui?

— Au propriétaire.

— C'est un danger public, ce gars-là.

Il est reparti, l'air sceptique. Il ne croyait pas si bien dire.

17 juillet

Corinne

Sale nuit. Je me suis défoncée à la nostalgie et à la littérature.

Mathias aurait eu quarante ans aujourd'hui.

J'ai ouvert ce livre qu'il m'avait trouvé dans la bibliothèque de Pierre : *Les lettres persanes,* de Montesquieu. Il voulait que j'y retrouve ce sentiment de la visite. Comment on décode un pays lorsqu'on vient de l'étranger. Josée a également été plongée dans le même bouquin. Toujours est-il que j'y ai découvert autre chose, non moins intéressant.

J'ai pris mon parti : tous les malheurs vont disparoître ; je vais punir.

Je sens déjà une joie secrète ; mon âme et la tienne vont s'apaiser : nous allons exterminer le crime, et l'innocence va pâlir.

Il faut dire que j'ai commencé par la fin. C'est plus fort que moi, il faut que je connaisse les coupables pour apprécier l'intrigue. Une habitude prise à la petite enfance quand j'avais du mal à m'endormir à cause de mes lectures du *Club des Cinq*. Tant que je ne savais pas le dénouement, je me tournais dans les draps. L'autre misogyne, celui qui s'est cassé le cou, répétait que c'était typiquement un truc de fille. Un peu plus en avant, je suis tombée sur ça :

Votre âme se dégrade, et vous devenez cruel.
Soyez sûr que vous n'êtes point heureux.
Adieu.

Édifiante lecture. J'ai repensé inlassablement à ces derniers jours, ces derniers mois. Ainsi, tout n'avait été que mensonges, subterfuges, conspiration, trahison.

Il y a toujours un allumé qui se croit investi d'une mission céleste pour sauver les siens. Et cet allumé avait été Mathias, pas mal encouragé par son roi de pacotille. Du délire pré-adolescent, rien de plus.

Cette fascination pour ces origines lointaines m'agaçait depuis belle lurette, mais je rangeais ça sur la tablette culture avec tous les livres qu'il accumulait pour ses cours au lycée. C'était son métier, après tout. Le prof, c'était lui. On voit que la frontière entre la passion et l'obsession est bien mince. Je peux le vérifier chaque jour à l'hôpital. Je sais que la manipulation des proches est plus aisée dans le quotidien et pourtant, je me suis fait baiser.

Je me suis levée tôt. Je devais passer plusieurs appels en France, préparer le texte à imprimer du faire-part, dresser la liste des « invités ».

J'ai rendu une petite visite à la dame du dessous. La pauvre semblait tellement retournée. J'imagine le choc au saut du lit : vous ouvrez vos rideaux et vous découvrez une dépouille gisante dans votre jardin. Son appartement sentait la fin de parcours. Si triste. Sa retraite cathodique avait été dérangée par un cadavre tombé du ciel, et ce n'était pas l'ange Gabriel. Elle m'a raconté son histoire cinq ou six fois. Nous avons pleuré ensemble et ça m'a fait du bien.

— Ma pauvre petite, quelle misère ! Quelle misère !

Elle répétait ça en me serrant dans ses bras. Sa télévision était allumée. Nous avons regardé les nouvelles, mais l'accident de Mathias n'avait excité aucun journaliste. Je suis remontée en lui promettant de la saluer avant mon départ. En haut, la fenêtre de la chambre me faisait peur. Je me suis arrêtée au premier étage, dans le salon, à vider le bar des Québécois. J'ai dû m'assoupir. C'est le bruit de la sonnette qui m'a réveillée. J'ai bondi sur mes pieds et foncé vers l'entrée.

Et si c'était Pierre ?

Dieu soit loué, c'était mon flic de la veille, l'homme de la Beauce, Réal Lalumière en personne, l'œil inquiet.

— Je peux entrer ? Ça va ?

Il brandissait une chemise en papier avec un gros tampon officiel rouge en travers.

Je devais avoir l'air d'une folle, ébouriffée, les yeux gonflés, la bouche pâteuse. Pas belle à voir, quoi. Juste une dégaine normale pour quelqu'un qui passe son temps au téléphone avec les pompes funèbres. Je lui ai fait signe qu'il était le bienvenu. Qu'est-ce qu'il me voulait encore ?

On s'est assis chacun sur une chaise autour de la table de la cuisine. J'ai fait du café pour me remettre les idées d'aplomb. L'autopsie avait été effectuée plus rapidement que prévu, grâce à la place laissée vacante sur le billard par un corps qui avait dû être transféré en Ontario. Il m'a fait la lecture du rapport.

Mathias était décédé à la suite d'une fracture crânienne et d'une rupture de la moelle épinière au niveau de l'axis, la deuxième vertèbre du cou. L'axis permet de faire pivoter la tête circulairement, alors que l'atlas qu'elle supporte sert aux mouvements verticaux. On dit « non » avec l'axis et « oui » avec l'atlas. Toutes les infirmières connaissent ça. Nous savons surtout que si ça casse, ça ne pardonne pas.

J'étais insécure. Ce flic semblait de bonne nature, mais il faisait son boulot d'enquêteur. Devant la police, tout bon citoyen se sent suspect… surtout quand il a tué quelqu'un.

Il m'a souri.

— Les conclusions de l'expert sont formelles ; le balcon a cédé sous le poids de votre mari. On a aussi retrouvé les témoins pour votre jambe blessée, et votre consommation d'alcool. Par contre, on ne comprend pas pourquoi le propriétaire ne vous a pas avertis. La galerie est tellement maganée, ça n'a pas de sens. Plainte ou non, il va y avoir une enquête, c'est certain.

J'ai soufflé intérieurement.

— Je suis venu vous annoncer que vous pouvez partir quand vous voulez.

— Ah. Merci.

J'allais pouvoir retourner chez moi. Pas trop tôt.

— J'aurais besoin de vos coordonnées en France. Au cas où il y aurait des suites.

Bien sûr. Je lui ai donné tout ça et il a filé.

J'ai refermé la porte et appelé les compagnies aériennes. Tout était archicomplet. L'enfer. À force de remuer ciel et terre et de pleurer ma cause, j'ai réussi à dégotter une place en première classe sur Air France. Une petite fortune en dollars, mais je ne pouvais pas demeurer une seconde de plus dans cette baraque. J'ai enfilé ce que j'avais de plus sombre dans ma garde-robe : une jupe noisette avec un chemisier caramel. Aux pieds : mes escarpins noirs à talons plats.

Mathias me suivrait sur un autre vol.

Vers 18 heures, un taxi m'a déposée à l'aéroport de Dorval avec toutes mes valises : celles de Mathias et les miennes. Nous étions arrivés par Mirabel, l'aéroport des vols charters, à 50 km de Montréal. Celui-ci se trouvait plus proche et j'y suis arrivée bien trop tôt. Quand mes bagages ont été enregistrés, j'avais deux heures à perdre. J'ai flâné, sans savoir où j'allais, ne connaissant pas le lieu.

Bien sûr, je me suis perdue.

Je me suis trompée de niveau. Tout ça pour me retrouver face à un homme moustachu, cigarette au bec. J'ai blêmi. Pierre ! Mais non, fausse alerte. Sauf que… ça aurait pu arriver.

J'ai couru en direction de la porte d'embarquement — remerciant mes chaussures à talons minimalistes. Une fois la douane passée, je me suis comportée en réfugiée dans cette zone neutre, m'éloignant peu des uniformes qui la peuplaient. Je me suis sentie protégée.

L'avion a décollé beaucoup plus tard. Ma frousse ne s'était pas dissipée.

J'étais hantée à vie.

17 juillet

Voisin voyeur

Le Pierre est reparti ce matin avec sa femme. Lui debout, et elle, les pieds par-devant. Il n'y aura pas d'enquête plus approfondie. Un accident, c'est un accident.

Je suis effondré. J'avais fini par m'attacher à la Josée. Je suis trop vieux, trop con, trop sensible. La mort des autres me rappelle que la mienne n'est plus très lointaine. J'y suis préparé. Je rejoindrai ma femme au paradis. J'espère qu'elle m'a attendu, ma Yolande, qu'elle ne m'a pas trompé avec l'âme du poissonnier.

Voilà que je blasphème !

Aucune nouvelle de la Corinne et du Mathias. Ça va faire bizarre de les revoir ces deux-là. Leur maison est désormais habitée d'un autre esprit. Celui d'une charmante Québécoise noyée dans un puits. Le leur.

J'arrête. J'ai des aigreurs d'estomac.

Corinne

Les coïncidences n'existent pas. Sauf pour les vrais jumeaux. J'ai ressassé le passé immédiat pendant tout le voyage. Comment fermer l'œil ?

Et pourtant, j'étais confortablement installée dans mon siège de première classe, avec champagne à volonté et mille attentions de la part des hôtesses de l'air. Le personnel navigant, il faut dire. J'ai gaspillé ce luxe, mais qu'en faire d'autre ? Je divaguais un peu, portée par l'alcool pétillant et le ronron des réacteurs.

On raconte plein d'histoires de jumeaux séparés à la naissance et qui ont grandi exactement pareil, qui font le même métier, qui ont des enfants qui portent le même nom ou conduisent la même voiture. À une époque, j'adorais ce genre de récit. Les deux frères ou les deux sœurs se retrouvaient par le biais d'un chercheur en génétique et on découvrait tous leurs points communs. Je lisais ça dans le *Reader's Digest* qu'on recevait à la maison. Ça devait plaire à coup sûr, car on y avait droit au moins une fois par année. Romus et Romulus version moderne, avec la DASS dans le rôle de la louve. Ça pleurait aux retrouvailles et le couple homozygote réuni ne se quittait plus de toute sa vie. Il y avait aussi le coup des sœurs siamoises qui se mariaient. On imaginait la nuit de noces avec les maris dans le même lit. Parfois, l'une des deux restait célibataire pendant que l'autre s'envoyait en l'air avec son amoureux. Ça alimentait nos conversations adolescentes. On essayait d'imaginer comment ils s'y prenaient, genre « excusemoi, mais ça c'est mon sein, pas celui de ma sœur. Justement pendant qu'on en parle, c'est ma bitte que tu tiens, pas la lampe de chevet. »

Je crois que j'étais *paquetée*, comme dirait Réal. Sinon, comment délirer quand la mort vous étreint, vous étouffe ?

Lorsqu'elle louvoie dans les parages, fraîche.

J'ai repris mes raisonnements d'enquêteuse, prête à pardonner. Et si je m'étais trompée en ce qui concerne Mathias ? Si toutes ces lettres n'étaient qu'un vaste jeu ? Internet pouvait créer ce type de rencontre, de relation passionnelle activée par les mots et le fantasme. Des couples qui se forment sans s'être jamais rencontrés. Un déclenchement virtuel plus efficace qu'un attouchement. Pourquoi pas ? Je ne saurai jamais si Mathias envisageait réellement de m'expédier chez les morts. Je n'avais nulle intention d'appeler Pierre pour lui poser la question. Son récit du meurtre de Josée demeurait imprimé mot pour mot dans ma zone fragile. Même s'il ne l'avait pas fait, il y avait songé suffisamment fort pour l'inscrire. Le doute s'est évanoui.

Je l'imaginais débarquer chez lui.

— Mathias, c'est moi. Le roi est de retour. C'est Pierre.

La voix enjouée, le ton de celui qui retrouve sa famille après un long voyage, après une guerre. Et la découverte de ma lettre où je lui apprenais la mort de Mathias. Et les flics qui ne tarderaient pas à le cuisiner.

Il allait sûrement se précipiter sur son ordinateur, mais toutes leurs divagations avaient été effacées par mes soins. Avec double copie sur disquettes. Une sur moi et l'autre envoyée par la poste. On n'est jamais trop prévoyante par les temps qui courent. Le monsieur deviendrait colère en s'apercevant que j'avais touché à ses affaires.

Moi aussi, j'aurais droit à un petit interrogatoire des gendarmes à mon retour. Sauf que le puits, on l'avait bouché, et marcher au beau milieu d'un jardin en fleurs n'est pas une activité courante. Rien à voir avec une balustrade de balcon bouffée par les vers. En cas de problème, je pourrais avancer que c'était mon mari qui s'occupait de tout cela, que je n'étais qu'une faible femme nulle en bricolage. Ce qui n'est qu'à moitié faux. Je ne veux pas affirmer par là que je suis faible, juste reconnaître que je suis vraiment dangereuse un marteau entre les mains. Ça n'a rien à faire avec mon sexe, c'est juste que ça me gonfle.

J'ai préparé un petit baratin pour ces gens de la maréchaussée. S'il fallait un méchant, ce serait Mathias.

C'est ainsi, les absents ont toujours tort. A fortiori lorsqu'ils sont morts.

Mon cynisme n'avait d'égal que mon désarroi. Mon aiguille de boussole interne pendait, démagnétisée.

18 juillet

Voisin voyeur

Excusez-moi pour mon langage, mais je dois avouer que je suis tombé sur le cul. On ne parle que de cette histoire dans le village. De l'enterrement après-demain du Mathias. Quelle mouche l'a piqué de mourir chez les Esquimaux ? Ça m'a retourné.

C'est monsieur le curé qui l'a appris le premier. Il a dû décommander une messe dans un village voisin pour pouvoir organiser les obsèques ici. Il a averti sa bonne qui s'est empressée de le répéter à sa nièce qui est la femme du facteur, qui a répandu la nouvelle de la façon dont il sait si bien le faire. Dame, ce n'est pas tous les jours que deux morts nous touchent d'aussi près. Surtout des morts violentes comme celles-ci !

Il paraîtrait qu'il aurait été défenestré ou quelque chose du genre, totalement ivre. Franchement ! Quelle idée de se précipiter ainsi dans le vide. Et la Corinne là-dedans ? Elle doit être toute bouleversée. En plus, quand elle va se pointer chez elle, ce sera pour découvrir que la Josée s'est noyée dans le vieux puits. Je n'échangerais pas mes souliers contre les siens. Pas pour tout l'or du monde.

Je dois convenir que l'annonce du décès du Mathias m'a

laissé un goût étrange. J'ai du mal à y croire. Je demeure sceptique. Ou plutôt, ça m'a renvoyé à ce que j'ai vu le 15. La Josée aspirée par le sol et le Pierre qui tente de la sauver. C'est vrai qu'à bien y songer, il n'avait pas l'air si paniqué. Et il y avait ce mot volé le soir du 14. J'avais bien entendu « tuer ». À moins qu'il n'ait prononcé « toué », comme « toi » avec son accent. Je ne savais plus. Il pouvait également agir de façon méthodique, calculée. Je divague, c'est sûr. Il ne l'a pas poussée dans le trou que je sache. Non, c'est autre chose. En fait, je sais ce qui me préoccupe : l'arrosage. Pourquoi se mettre soudainement à arroser le jardin ? Et surtout, pourquoi autant ? On me répondra qu'il n'y connaissait rien en jardinage, qu'il faisait sec, qu'il pensait bien faire. Et ce n'est pas fatigant d'arroser. Ça a même une vertu agréable comme occupation, ça vide la tête. Sorti de son boulot sur son ordi-nateur, il lui fallait reprendre contact avec la terre. Je peux comprendre cette conduite, je suis toujours fourré dans mes laitues et mes choux-fleurs à biner.

À l'époque de ma femme, quand il m'arrivait de m'énerver pour une raison quelconque, je sortais avant de débiter des grossièretés ou de renverser la table, et j'allais tailler mes haies. Je me souviens d'une fois où j'avais tellement besoin de me défouler que j'avais tout coupé à blanc. Je ne pouvais plus m'arrêter. Ça avait mis un an avant de retrouver une apparence de feuillu, à mi-hauteur de l'original. On aurait dit un alignement de buissons pour nains de jardin. Une autre année, j'avais arraché des carottes pas plus grosses qu'un pouce. Une pure impulsion. Un plein panier. Ma Yolande avait tiqué et je lui avais raconté que c'était une variété conçue pour la nouvelle cuisine et qu'elles étaient parvenues à maturité. Je doute qu'elle m'ait cru.

C'est vrai que je n'ai jamais trouvé le Pierre fort sympathique. Peut-être qu'il lâchait sa pression avec son tuyau d'arrosage. Ou alors, il cherchait l'inspiration pour sa traduction. Le bruit de l'eau qui coule ressemble à un long pipi qui se vide hors de soi.

Allez savoir avec les intellectuels ; ils sont plus complexes qu'un paysan ou un bûcheron. Leur activité ne les délasse pas assez. Ça manque d'occasions de jeter du lest. L'élastique tend et il pète, planquez-vous ! Tout le monde aux abris !

Boum !

Je ne sais pas. Je ne suis pas Hercule Poirot.

19 juillet

Voisin voyeur

C'est trop d'activités pour mes vieilles artères. Je dis cela uniquement pour justifier la sortie de mes jumelles. Je sais, je n'ai pas de parole, mais la curiosité était trop grande.

La Corinne est revenue hier au soir, il faisait encore un peu jour. Ploërdou au grand complet devait guetter son passage, car à peine chez elle, le téléphone n'a pas arrêté de sonner. Elle semblait fourbue. Je l'ai trouvée amaigrie, les traits tirés. On le serait à moins. Moi, lorsque ma Yolande est partie au ciel, ça m'a coupé l'appétit pendant six bons mois. Je me suis nourri de soupe à l'oseille et des fromages de chèvre que m'achetait Mme Le Scoarnec. On ne cicatrise pas son âme avec du simple mercurochrome.

Je me suis embusqué à mon poste d'observation n° 2, au-dessus de leur maison. La Corinne a allumé les lumières en grand, dans toutes les pièces. Entre deux coups de fil, elle marchait pour se calmer les nerfs. J'aurais juré qu'elle cherchait quelque chose. Je l'ai vue inspecter la bibliothèque, un peu comme les Canadiens l'avaient fait. Un instant, elle a brandi deux livres dans ses mains. D'où j'étais, je ne pouvais pas lire les titres. Tout ce que je distinguais, c'était deux bouquins de poche qui se ressemblaient étrangement, deux volumes jumeaux. Je n'aime pas ne rien piger. C'est frustrant.

Elle a ensuite pris une douche et les rideaux grands ouverts m'ont permis d'apprécier son physique dans les moindres détails. Un corps de veuve joyeuse ne cachant rien de ses attributs. Mon taux de testostérone n'étant plus ce qu'il était, je me suis contenté d'une appréciation purement esthétique. L'humidité tombante n'arrangeant rien à mon métabolisme de patriarche, mes rhumatismes en ont profité pour me rappeler à l'ordre.

La Corinne a enfilé le peignoir du Mathias et du Pierre. Sa forme pâle se déplaçait à la manière d'un fantôme. Elle a disparu dans une autre pièce, probablement dans le bureau. Elle a dû s'assoupir au milieu des souvenirs de son mari, noyée de chagrin. J'avais envie d'aller sonner pour la consoler, mais je savais qu'il vaut mieux rester seul dans ces instants tragiques. Pas trop longtemps, mais tout de même suffisamment pour tenter de se replacer.

Je suis allé me coucher autour de minuit. Tout était grand allumé chez eux. Je devrais dire chez elle dorénavant, quand l'enterrement aura eu lieu. Je respecte ça.

19 juillet

Corinne

Je suis revenue et ma solitude m'a frappée violemment. Me retrouver ici, dans notre maison, mais sans lui, sans mon Mathias, c'est terrible. C'est ce que j'ai d'abord ressenti. Une profonde tristesse, une lassitude, un désarroi. Je ne sais pas si je resterai là, avec nos souvenirs accrochés sur chaque mur, chaque bol, chaque instant. Et ce puits, dehors, couvert d'une planche qui fait tache dans l'herbe. Une sorte de reproche, de caveau funèbre.

Le besoin de savoir m'a insufflé l'énergie contraire à

l'abandon. J'ai repéré l'autre volume des *Lettres persanes* à sa place dans la bibliothèque. Il avait sûrement été lu, car des grains de sable s'en sont échappés lorsque je l'ai feuilleté. J'ai parcouru les premières lignes qui s'offraient à moi :

Je suis un homme qui m'occupe, toutes les nuits, à regarder, avec des lunettes de trente pieds, ces grands corps qui roulent sur nos têtes ; et, quand je veux me délasser, je prends mes petits microscopes, et j'observe un ciron ou une mite.

J'ai bien sûr pensé à Fernand. Me scrutait-il avec ses jumelles, tel que Mathias l'avait écrit à Pierre ? Ça m'a fait bizarre. J'ai fait l'inventaire des ouvrages. Hormis les livres de base, les classiques, qui se trouvaient ici et à Montréal, il y avait les livres récents offerts ou achetés par mon mari. Exactement les mêmes que ceux des Québécois. J'ai aussi remarqué une série de bouquins que je n'avais jamais vus. Ceux-là avaient été ajoutés pour Josée, pour leur foutue mise en scène. Penser que Mathias s'était d'abord concerté avec Pierre avant de m'offrir pour Noël ce superbe livre sur Gaudi, ça m'a broyé le cœur. Je voulais le détruire — autant que cette découverte m'avait démolie.

Je me suis douchée et baladée à poil devant les fenêtres. Je n'ai pas la prétention d'avoir une plastique digne de figurer en page centrale du *Playboy*. J'ai fait ça gratuitement, pour dédommager mon vieux voisin de ce qu'il avait vu sans savoir qu'on lui montrait. De cet assassinat maquillé dont il avait probablement été le témoin muet et malheureux.

J'ai mis le peignoir de Mathias et j'ai cherché. Dans le bureau, l'ordinateur semblait la chose à cambrioler, l'évidence. Pourtant, je n'ai pas tenté d'aller y fureter. Il y aurait un autre code d'accès indevinable, et la chance que j'avais eue en découvrant celui de Montréal ne pouvait pas se produire une seconde fois. Sans oublier Pierre qui avait sûrement fait disparaître toutes les traces de son passage.

133

En fait, j'étais trop impatiente. J'ai ouvert chaque tiroir, chaque dossier, chaque chemise. Je l'ai dénichée, dissimulée sous une pile de vieux numéros d'*Historia*.

Une grosse enveloppe avec l'inscription « 17 juillet » et le dessin de deux petits bonshommes identiques. L'un avec une couronne, et l'autre avec une barbe. Le roi et le druide. C'était forcément ça. L'intégrale de la correspondance entre Mathias et Pierre m'y attendait. Je savais que mon maniaque de mari aurait conservé une copie imprimée de tout ; par peur des caprices de l'informatique, ainsi que par goût de lire sur papier davantage que sur écran. Notre génération est brutalement passée dans le numérique, mais elle est restée accro aux plaisirs simples du toucher d'un vélin, à l'odeur de l'encre de Chine.

Au début, ça se vouvoyait.

Fait significatif : les premières réponses du Québécois étaient assez évasives. Il posait beaucoup de questions, mais donnait peu d'informations sur lui-même.

Cher Mathias,
Pourriez-vous un peu plus vous raconter ? Votre enfance, vos passions, votre vie actuelle. Je sens que nous avons tant de points communs.
Sincèrement…

Petit à petit, Pierre collait à la personnalité de Mathias. Ce dernier avait bien sûr évoqué son adoration : les Celtes. Le Montréalais l'avait encouragé dans ce sens. Le tutoiement apparaissait dès sa troisième missive, en même temps qu'il lançait ses appâts.

On constatait, en comparant les dates et heures des messages, que Mathias répondait spontanément, sans attendre, sans censure. Il lui racontait tout de ses croyances druidiques, son sentiment d'appartenir à une caste à part. Tout un charabia Nouvel Âge bretonnant. Les commentaires de Pierre arrivaient deux ou trois jours après, parfois plus. Ils étaient davantage manipulateurs, sournois. On sentait un fauve qui décrivait des cercles de plus en plus étroits autour de sa proie. Avec le recul, ça crevait les yeux. Dans le feu de l'action, mon Mathias s'était fait mystifier comme un gamin. Je rageais en découvrant cela. Il aurait mieux fait de consulter ses notes !

D'ailleurs, il ne marchait plus, il courait. Il venait enfin de rencontrer son alter ego en bretonneries. Un élève qui soufflait des idées effroyables à son maître fasciné. Pierre poussait chaque fois le bouchon plus loin, et l'autre abondait dans son sens. Jusqu'au bout de sa logique conne.

Ce que je vais dire te heurtera probablement et je comprendrai que tu cesses là cet échange, mais si nous voulons continuer, nous devons quitter définitivement nos épouses. Sans lien aucun. Les tuer serait un acte logique et libérateur.

Qui plus est : toi le druide n'es nul tenu d'avoir une femme. Et moi, roi unique, à quoi me sert celle que j'ai et qui n'a pas su me donner un fils ? Qu'elle périsse, l'inutile !

Notre réunion n'en serait que plus puissante si elle s'appuyait sur la force d'un double sacrifice humain perpétué le même jour. Toi le druide, tu sais cela mieux que moi...

Ça ne faisait que commencer. Bientôt, il développait une théorie à faire pâlir d'envie Hitler. Un ramassis extrémiste, sadique et misogyne. Je tremblais telle une feuille.

Mourir n'est rien, surtout pour une femme. Souffrir, sentir le trépas se rapprocher, paniquer : voilà qui est bon. La mort qui surviendra doit être attendue, espérée. Elle est soulagement. On la donne comme on offre de traverser la rue à un aveugle.

Le plus triste, c'est que Mathias avait plongé les yeux fermés: pauvre naïf! Bande de crétins. L'idée de l'échange de maisons s'était organisée, inévitable à leurs yeux. Je revoyais Mathias revenant du syndicat d'initiative de Vannes avec l'annonce provenant du Québec. J'avais un peu hésité, mais il semblait tellement emballé d'aller en vacances de l'autre côté de l'océan, que je m'étais laissé porter à y rêver moi aussi. Tant d'hypocrisie me sciait.

Ensuite, venait la préparation des meurtres par le menu. Chaque détail était inscrit pour ne rien oublier. On retrouvait la liste des livres à inclure dans les bibliothèques, la décoration sur les murs, les disques à se procurer...

Frissons glacés sous la robe de chambre. Pourquoi tant de mal? Ils auraient pu nous faire assassiner par un quelconque tueur à gages. Mais l'emprise de Pierre sur Mathias semblait terrible.

Un seul ouvrage n'était pas mentionné bien que commun aux deux lieux: *La renaissance du courant druidique en Bretagne*. Preuve que le pseudo-roi s'était documenté en profondeur pour attraper son faux jumeau dans ses filets.

Je relisais ma propre vie, vue du côté du scénariste, ou du marionnettiste. Je sentais les fils tirer dans mon dos. Dégueulasse! Une inconnue demeurait cependant. Si je comprenais les motivations de Mathias, ce besoin de jongler avec ce foutoir mystico-celteux, cette idée qu'il était l'élu d'un peuple moribond, je n'avais pas d'idée justifiant le cheminement de Pierre. Pourquoi vouloir tuer Josée? Était-il réellement né le 17 juillet 1960? Le plaisir malsain de dominer un être humain le poussait-il seul à agir ainsi?

Il faut créer deux vrais accidents. Quelque chose de domestique, de contrôlable. Utilisons les forces et les faiblesses de ce que nous connaissons le mieux: nos maisons. Près de nos arbres sacrés...

C'était devenu un monologue. L'esprit malfaisant commandant à la main exécutrice. Et de fil en aiguille, le puits avait surgi. Pierre avait embrayé avec sa rambarde qu'il se promettait bien de réduire à l'état de plat de résistance pour termites affamés, grâce à un mélange corrosif de son cru. L'hiver devait achever la besogne de pourrissement.

J'ai fait un test. Le bois craque. Tu n'auras qu'à pousser Corinne d'un coup sec et tout partira avec elle : le balcon, tes entraves, ton passé.

J'aurais dû rester dans l'ignorance.

Demain, ce sont les funérailles. Le cercueil de Mathias est arrivé. Il va pouvoir dormir en paix au creux de ce pays qui ne le connaîtra jamais en druide. Nul tumulus ne surplombera sa dépouille mortelle ; une simple pierre tombale en granit rose en fera office. Les chrétiens auront fini par avoir sa peau.
Amen.

20 juillet

Corinne

Comme la plupart des gens, je déteste les enterrements. Parce que c'est triste. Parce que ça fait peur. Parce qu'on ne sait pas quoi raconter, ni répondre. On préférerait que cela n'existe pas. Mais c'est chaud de se sentir entourée.

Prétendre que tout le village de Ploërdou était présent ne serait pas mentir. Les Bretons sont incroyablement solidaires et compatissants, surtout pour un membre d'une vieille famille locale telle que la mienne. Le soutien physique et affectif a été apprécié. Il y avait bien là quelques grenouilles de bénitier qui assistent aux funérailles comme d'autres regardent la télévision, par pur divertissement — elles font partie du décor et donnent un coup de main au curé pour changer l'eau bénite. Peut-être qu'elles viennent pour s'assurer qu'on fera, nous aussi, acte de présence le jour où elles iront sous terre. Les rites de passage n'ont pas été inventés par les catholiques, mais ils ont su les raffiner.

Je ne m'étendrai pas sur la cérémonie. Notre petite église était bondée. La curiosité en avait poussé pas mal à venir jeter un coup d'œil sur la rescapée du balcon meurtrier. Il y avait Fernand, habillé en dimanche, Mme Le Scoarnec, les yeux humides, mes sœurs et ma mère, plus une pléthore de représentants plus ou moins lointains de ma lignée. Le noir faisait tache. Le plus terrible, c'est lorsqu'on descend le cercueil — le bruit affreux des premières pelletées tombant sur le couvercle. Là, on entend que c'est bel et bien fini ; qu'il ne reviendra pas.

Pour la suite, j'ai fait au minimum. Une vingtaine de personnes sont venues manger et boire un verre à la maison. On a évoqué le défunt, répertoriant toutes ses qualités. Moi, je pensais à ce que j'avais découvert la veille. J'avais envie de leur crier que mon mari n'était qu'un dangereux illuminé, qu'il voulait ma mort et que c'était moi qui l'avais assassiné pour sauver ma peau. On ne m'aurait pas écoutée, on aurait mis ça sur le compte de la fatigue, de la tristesse ou de la culpabilité. À quoi bon ? La vie devait continuer. Sans lui. Je n'ai retenu personne à dîner, faisant comprendre que je souhaitais demeurer seule pour la nuit. Une cousine a insisté pour me tenir compagnie. Je l'ai gentiment éconduite.

Ils sont tous repartis.

J'ai pleuré.

J'ai fini les verres.

J'ai encore relu toute leur correspondance folle. Je me la suis jouée maso.

138

J'ai fini par m'en arracher pour redescendre au salon. J'ai allumé la télévision. Et je me suis endormie en zappant, vaincue par un reportage sur les annuaires téléphoniques en Hongrie.

21 juillet

Corinne

Mélange d'abandon et de résignation. Tout a failli basculer. Je dois me contenir.

Ce matin, le téléphone m'a fait sursauter très tôt. Une voix inconnue avec un accent que j'ai appris à connaître ces derniers jours.

— Corinne Le Bihan?

— Elle-même.

— Mes amitiés pour votre mari.

— Merci. Vous êtes…?

Le personnage aux condoléances tardives avait raccroché. Je n'ai pas apprécié. Je suis allée me préparer un café digne de ce nom, avec ma cafetière et mes dosages de Française. J'ai appuyé sur le bouton rouge et la sonnerie a de nouveau retenti. L'autre petit malin avait dû oublier quelque chose. J'ai hurlé dans le micro.

— QUOI ENCORE?

— Gendarmerie de Vannes. On aurait besoin de vous poser quelques questions concernant le décès survenu sur votre propriété.

— Oui, bien entendu.

On a convenu d'un rendez-vous dans l'après-midi du lendemain. J'étais parée : autant en finir au plus vite.

Je me suis servi une tasse bouillante et le téléphone a remis ça. J'ai contrôlé mon débit de décibels.

— Allô ?

— Ici Réal Lalumière, à Montréal.

— Bonjour M. Lalumière : vos collègues d'ici viennent juste de m'appeler et…

— Je sais. J'aurais besoin d'une confrontation avec le propriétaire de la rue Rivard. Il affirme que vous étiez parfaitement au courant pour le balcon. Il aurait des preuves : des courriels adressés à votre mari.

— Mathias ne m'a jamais parlé de ces envois. Je ne comprends pas.

C'était quoi cette horreur ? Le roi voulait me faire couler ?

— Vous comprendrez que l'annonce de la mort « accidentelle » de Josée Lachance ne peut pas s'expliquer par un simple jeu de coïncidences. Je ne crois pas beaucoup aux coïncidences, et vous ?

C'était évidemment ça. Je me suis assise. J'avais envie de lâcher le morceau, avouer, en finir. J'aurais probablement droit aux circonstances atténuantes.

— Au fait, vous ne deviez pas le prévenir pour la chute de votre mari ?

Ton rude et direct. Je me suis brûlée en buvant mon café.

— C'est vrai, j'ai préféré reporter. Je pensais le rencontrer chez nous et tout lui expliquer de vive voix. Je ne pouvais pas savoir qu'il serait reparti. Lui non plus ne nous a pas prévenus pour l'accident chez nous, vous savez.

La balle au centre ! Le mensonge avait l'air de passer. Mais qu'est-ce qui m'avait pris, bordel, d'envoyer ce message à Pierre ? Pourquoi asticoter ce maniaque ? Mon compte était réglé.

Je l'ai jouée relax, prête à discuter quoique fort ébranlée par les deux événements.

Il y eut un long silence.

Il fallait absolument que je meuble ce putain de long silence.

— Et… Pierre — je ne sais plus son nom de famille —

comment va-t-il ?

— Il a l'air de tenir le coup. Je vous rappelle.

Clic ! À la prochaine.

J'étais mal barrée.

22 juillet

Corinne

Une chose à la fois.

La gendarmerie, pour commencer. Je m'y suis présentée dans une robe noire, courte, les cheveux attachés. Je suis bretonne.

En roulant, j'avais senti cette nostalgie des racines, du pays. Je venais de cette terre, j'y avais mes aïeuls. Mathias s'était inventé un avenir à défaut de construire sur ses antécédents.

Je regardais mes mains serrer le volant. Celles-là mêmes qui l'avaient expédié en enfer. L'alcool avait bon dos, idem pour la peur si mauvaise conseillère. Sans doute ne devais-je pas l'aimer si fort pour décider ainsi de le pousser.

Interrogatoire.

Non, je ne savais pas que la planche du puits était vermoulue. Oui, on aurait dû y faire attention. *Mais quelle idée aussi de marcher au milieu du jardin !*

Mme Le Scoarnec avait confirmé au téléphone que ma participation au jardin restait limitée aux directives de Mathias, véritable maître des lieux végétaux. C'est le druide qui communique avec les entités feuillues, me serinait-il de son vivant. *Lorsque les chrétiens ont voulu s'imposer face aux Celtes, ils ont rasé leurs forêts — et cela a fort bien fonctionné !*

On aurait pu m'accuser de négligence et la mort de mon mari venait punir ce manque de vigilance. Tout cela resta fort

141

courtois et formel : le gendarme désirait simplement me voir et clore ce dossier à peine entrouvert.

De l'autre côté de l'Atlantique, Pierre pouvait être accusé directement… si je portais plainte. Un balcon est autrement plus dangereux et accessible. Il vous tend sa rambarde.

La veille au soir et le matin, j'avais reçu le même appel me présentant ses amitiés pour Mathias. L'accent québécois à peine dissimulé — sinistre mascarade. Pierre espérait-il rejouer avec moi la comédie de l'épouvante ? Et pourquoi ? Achever leur œuvre meurtrière ou simplement se venger ? Cherchait-il une nouvelle proie pour se défouler ?

À Montréal, nous avions un appareil où s'affichaient automatiquement le nom et le numéro de téléphone de l'interlocuteur. Cette technologie n'avait pas encore atteint Ploërdou, mais je n'en avais pas besoin pour trembler d'effroi.

En revenant, je suis passée voir Mme Le Scoarnec — la sagesse des vieux peut devenir un réconfort.

Plus tard, je suis rentrée à pied et je me suis barricadée chez moi. J'ai même pris le fusil de chasse de Mathias pour dormir. Je ne vais pas rester longtemps dans cette maison. Elle est trop grande, trop vide.

Trop pleine de cadavres.

23 juillet

Corinne

Longue discussion avec Réal Lalumière aujourd'hui. Je n'arrivais pas à comprendre qui de moi ou de Pierre il voulait piéger. Je ne sais pas s'il avait le droit de m'accuser à distance. Probable que oui.

— Qui a choisi l'appartement de Montréal pour vos vacances ?

— Mon mari.

— Qui a pris contact avec le propriétaire ?

— Mon mari.

— Qui a organisé l'échange de maisons avec Pierre ?

— Mon mari.

— Vous faites toujours comme ça pour vos congés ?

— Oui.

— Avez-vous retrouvé les courriels dont parlait Pierre ?

— Non, pas un.

Demi-mensonge.

Les flics détestent les coïncidences, mais les juges ont besoin de preuves pour condamner. Autre tactique :

— Pourquoi ne pas porter plainte contre le propriétaire de l'appartement d'où est tombé votre mari ?

— Parce que Mathias et moi nous étions saouls. Parce que ça ne me le rendra pas. Parce que je n'ai pas envie d'accuser quelqu'un à tort. Parce que j'ai besoin d'avoir la paix.

Parce que j'avais peur. Je pleurais.

— Que pensez-vous de la date des deux morts : le même jour ?

— Rien, malheureusement.

— Connaissiez-vous Pierre ?

— Non.

Heureusement !

J'avais parfois la sensation que Pierre se trouvait dans le bureau de Réal Lalumière lorsque celui-ci me questionnait. Une proximité nuisible et palpable.

On avait raccroché. L'appel d'une durée de quinze minutes m'avait épuisée.

J'ai voulu me servir une Suze, il n'en restait qu'une goutte. Je déteste quand quelqu'un vide une bouteille et la remet en place comme si de rien n'était. Je me suis rabattue sur le cognac : même punition.

Les Québécois ne sont que des alcooliques mal élevés !

Le bar de Mathias comportait d'autres ressources… J'ai

donc exagéré sur la vodka à l'herbe de bison noyée sous les glaçons.

Toute seule en plein été, je me suis allumé un feu dans la cheminée. J'ai observé les bûches rougir puis noircir, disparaître en fumée et en cendres. C'était donc ça la vie ?

Ça ne vaut pas tripette, répétait ma tante Ginette.

15 août

Corinne

Un mois a passé depuis la mort de Mathias. Je fais chaque nuit le même cauchemar : je suis une institutrice et je pousse dans un précipice des petits enfants qui me sourient. Je me réveille en sueur, avec le feu qui s'éteint dans la cheminée. Je remets une bûche et m'envoie une rasade d'alcool blanc. Le fusil est toujours près de moi sur le canapé. Je suis mieux en bas. Je ne veux plus jamais dormir là-haut. Je déteste les étages.

La mémoire est obscène.

J'ai repris le travail à l'hôpital en demandant le maximum de gardes de nuit. Je suis seule ; autant que ça profite aux jeunes amoureuses, ai-je prétexté. Ça limite mes tourments nocturnes. Pas tous, mais la plupart.

Réal Lalumière a fini à son tour par arrêter l'enquête. Visiblement à contrecœur, vu son insistance et ses relances. Pierre ne serait plus inquiété, ni moi non plus : on pouvait passer à autre chose.

J'ai encore relu la correspondance des deux faux frères hier au soir. Chaque fois plus affligeante. Ma chef m'avait obligée à prendre trois jours de congé : elle me trouvait grise mine. C'est le moins qu'on puisse dire. Mon âme est plombée.

Surtout, je m'étais plongée dans la littérature celtique de Mathias, dans cette fameuse *Renaissance du courant*

144

druidique en Bretagne. Au-delà du verbiage ésotérique se dessinait une aspiration autrement plus malsaine. Ce désir de retour aux sources se doublait d'un discours facho non déguisé. Les notes manuscrites de Mathias, les passages soulignés étaient révélateurs. Le discours autour de la souveraineté constituée par ce vieux principe indo-européen de l'autorité spirituelle et du pouvoir temporel, du druide et du roi, devenait concret : il s'agissait ni plus ni moins que du sommet d'une organisation pyramidale. Entre deux offrandes et une initiation dans une source d'eau pure, on torturait une chrétienne, on égorgeait un prêtre. L'image du guerrier gaulois invincible tapissait leurs tripes.

Pierre avait dû s'emparer de ce manifeste pour manipuler Mathias.

Mon mari n'avait été que la victime de sa propre foi en lui-même. Il devait rêver de ce sauveur de l'Occident décadent, grand druide de la force celte. Lui, l'élu, l'homme sacerdotal et son don gratuit et inné, chargé de propulser la sensibilité du monde celte dans la cacophonie des dégénérescences spirituelles. L'arrivée de Pierre, jumeau tombé du ciel et roi intangible, l'avait fait basculer dans un délire sans retour. Notre couple vieillissait, nous n'aurions jamais d'enfants, son boulot de prof devait lui sembler impropre à ces connaissances occultes. Il avait plongé dans le mystique breton comme d'autres deviennent alcooliques ou danseurs mondains. L'ennui et le machisme sont les fondements de nombreux fanatismes.

J'étais malheureuse.

Nulle part, je n'avais trouvé trace d'autres ramifications, d'autres contacts de membres de leur futur groupe.

Des coups sourds m'ont sortie de mon raisonnement léthargique. Quelqu'un tentait d'ouvrir la porte. Sans ménagement, sans précaution. Sûrement pas un cambrioleur. À la pendule du couloir, il était deux heures du matin. Je me suis approchée du seuil, en traînant mes pieds, morveuse.

— Ouvre cette porte, il faut qu'on se parle !

La voix ne m'était pas inconnue : le léger accent qui m'avait poursuivie pendant quinze jours : « Mes amitiés pour votre mari. » J'ai préféré penser que je me trompais. Non, ce ne pouvait pas être lui. Pas ici, pas maintenant !

Si.

— C'est Pierre. Je dois te parler.

— Revenez demain ! Il est tard, je suis fatiguée.

En répondant cela, je savais que j'allais lui ouvrir. Derrière cette porte se tenait le coupable, celui qui devait payer. Et aussi une parcelle de vérité qui m'échappait. J'ai senti que ce fragment du puzzle me poursuivrait à jamais — inutile d'entreprendre une thérapie pour décoder. Je n'allais pas attendre la saint-glinglin. J'ai enlevé le verrou. Il a bondi à l'intérieur et m'a dévisagée.

Moi aussi je l'ai détaillé : la moustache de Pierre était présente, mais question ressemblance frappante avec son ex-faux frère, il pouvait repasser. En toute modestie, Mathias avait des traits plus fins, un visage plus noble, un corps plus énergique. Pierre avait la gueule allongée, le physique quelconque. En plus, il y en avait un qui était brun, et l'autre blond. Et ça se prétendait de vrais jumeaux ! Un détail m'a cependant troublée : l'odeur de gitanes qui se dégageait de ses vêtements. Je l'avais oubliée ces derniers jours et elle m'a sauté aux narines comme un rappel de l'au-delà. Du bon vieux temps. Ça m'a réveillé la haine, le désir de vengeance.

— C'est toi la maudite !

Ça m'a fait bizarre de l'entendre jurer ainsi. Il avait une prononciation québécoise peu marquée.

— Bonjour Pierre. Vous avez réparé votre balcon ?

Il n'a pas trouvé ça drôle.

— Je viens du cimetière : j'ai arraché la croix sur la tombe de Mathias. C'était un druide, pas un évangélisé.

— Et Josée, elle était croyante ?

146

Je me découvrais une rage contenue, explosant dans le cynisme froid.

Il a souri derrière sa moustache.

— Je l'ai fait incinérer et j'ai jeté ses cendres dans une poubelle. Je n'ai prévenu personne. Je voulais te voir, que tu m'expliques.

— On se tutoie ?

Il a fait comme si de rien n'était, s'obstinant sur le même ton perfide. Je n'avais pas peur. Pas encore.

— Je pense qu'en effet, on a quelques points à éclaircir tous les deux. Suivez-moi. Je ne vous fais pas visiter, vous connaissez les lieux.

Je l'ai emmené dans le salon. J'ai allumé en grand. Il s'est dirigé vers les rideaux pour les fermer.

— Je déteste voir la nature quand il fait nuit.

Il mentait au moins autant qu'il transpirait. Je me suis mise dans ma peau d'infirmière psychiatrique, prête à réagir au moindre geste suspect. Tous les sens en alerte, comme lorsqu'on réceptionne un nouveau malade dont on ne connaît pas le degré de violence réelle. Camouflage psy. Demeurer souriante tout en sachant qu'ils peuvent soudainement leur prendre l'envie de nous fracasser le crâne avec le premier extincteur venu. J'ai branché le mode « qui-vive », parée au pire. Je lui ai fait signe de s'asseoir. Ce qu'il a fait à contrecœur. Il avait l'air alimenté par du 360, survolté. Le décalage horaire lui avait bousillé les nerfs. Il a attaqué direct.

— Que s'est-il passé à Montréal ?

— Mathias s'est penché et…

— LA VÉRITÉ, TABARNAK !

— En fait, il a décidé de faire un tour au pays des druides, mais il a oublié de revenir. Il n'a laissé aucun message pour vous.

Là, j'ai senti que l'humour était très malvenu. Il n'avait pas envie de jouer aux devinettes. Il allait me péter dans les doigts, ce n'était plus qu'une question de secondes.

Ça n'a pas traîné. Il m'a sauté dessus et m'a secouée tel un prunier couvert de mirabelles.

— Arrête ça, putain de câlice !

Pierre m'a repoussée au fond d'un fauteuil et s'est précipité dans l'escalier. Je l'ai entendu ouvrir la porte du bureau, jurer, sacrer. Il ne savait plus à quel saint se vouer. Je l'ai attendu sans bouger. J'avoue que je n'en menais pas large.

J'aurais pu — j'aurais dû — téléphoner. Je pense que je voulais l'affronter. Je m'en foutais, je n'avais plus rien à perdre. Il paraissait plus en désordre que moi.

De l'eau s'est mise à couler dans la salle de bains. Pendant au moins dix minutes. J'ai rajouté une bûche, puis je me suis redressée au bruit de ses pas qui descendaient. Et lui qui surgit ! J'ai eu un choc. Pierre ne se ressemblait plus, rapport à sa moustache qu'il venait de raser. Il tenait tous les papiers à la main. Il m'a fusillée du regard en se dirigeant vers la cheminée. Il y a balancé les feuilles imprimées et m'a aboyé dessus sans se retourner, sur un ton cassant, maîtrisé :

— Comment Mathias est-il tombé du balcon ?

— Un accident. La rambarde était vermoulue. Il avait un peu trop bu, il s'est penché et ça a dû craquer. Je ne l'ai pas vu, je dormais.

— Maudite menteuse ! C'est toi qui m'as envoyé le dernier message. Tu savais tout, tu nous espionnais. C'est toi qui l'as poussé.

— Mais pas du tout ! Vous savez que la police a fait une enquête. M. Lalumière était d'ailleurs étonné que vous n'ayez prévenu personne à propos du balcon pourri.

Mon ton posé était censé l'amener à commettre une erreur. Quelle erreur ?

— Arrête ça ! Mathias savait que le balcon ne tenait plus. Jamais il ne se serait penché là. C'est toi qui l'as tué. Avoue !

J'ai préféré réattaquer.

— Et vous, comment vous avez fait avec Josée ? Hein ? Vous l'avez noyée de vos propres mains. C'est vous le monstre.

— Ah c'est ça, on y arrive, tu le craches le morceau. Il n'y a aucune preuve. C'était un accident. Les gendarmes sont formels.

— Je…

— Depuis combien de temps tu nous espionnais ?

C'était ce qui l'avait fait revenir : la peur que je le dénonce, que je dépose son plan de crime parfait sur le bureau des flics. Il était debout, penché sur moi. Un peu plus, il aurait eu de la bave aux lèvres.

Leur correspondance a défilé dans ma tête et j'ai compris ce qui les différenciait tant. Mathias était un exalté, un idéaliste, guidé par une logique démente. Un être qui avait décollé du concret. Pierre semblait tout autre. Il était méchant, voilà tout. Je me relisais ses écrits et je voyais soudain toute cette rancœur accumulée qui avait resurgi. C'était un salaud, un personnage cruel qui avait saisi cette histoire de jumeaux pour exprimer tout le mal qui sommeillait en lui. Il avait été jusqu'au bout avec Josée par plaisir, donnant la mort en ricanant. Un sadique. On ne raisonne pas ce genre de pathologie mentale. Il me fallait gagner du temps.

— J'ai une disquette, avec tous vos messages à tous les deux. Pas ici. Je l'ai envoyée par la poste à un ami sûr. Et si…

— C'est du bluff ! Et je m'en crisse ! Une disquette avec des messages, ça ne prouve rien. Tout peut être falsifié.

Il avait raison et je le savais depuis le début. Quoi faire ? Il était trop tard pour changer. Il s'est approché de moi et m'a saisie au cou. Il allait m'étrangler.

— Tu vois, je n'ai plus ma moustache, je n'ai plus mon accent français. Je suis redevenu Pierre. Je vais venger mon frère Mathias, mon jumeau, mon druide.

Je l'ai regardé avec des yeux ronds. Il a augmenté la pression. J'ai basculé en arrière, glissant au sol. Mes mains ont balayé la moquette et là, j'ai reconnu le froid caractéristique du canon du fusil de Mathias qui était tombé sous le canapé. Je l'ai attiré à moi et je le lui ai planté dans le bide.

Ça l'a immédiatement calmé. Je me suis redressée, en reprenant mon souffle.

— Maintenant, c'est moi qui pose les questions.

Je l'ai poussé dans un fauteuil où il s'est laissé choir. En le manœuvrant ainsi, je me revoyais un mois plus tôt, avec la silhouette de Mathias dans l'encadrement de la fenêtre. Je n'avais pas hésité alors. Pierre devait lire sur mon visage, car son corps s'est raidi. Avant d'achever ce malade, j'allais lui faire cracher la vérité.

— Vous savez depuis le début que Mathias n'est pas votre frère ! Vous avez tué votre femme parce que vous aimez faire souffrir. Vous…

Des larmes pointaient dans ses yeux. J'aurais presque eu de la peine, tiens.

— Je sais, mais nous avions un point commun : notre solitude avant et après notre mort. Nous étions deux êtres de passage, sans trace de notre passé et sans progéniture pour notre futur. Des rejetés à la naissance. Des inutiles. J'ai embarqué dans son histoire de Celtes, car l'occasion s'est révélée fantastique et si belle. Les Gaulois n'avaient pas peur de la mort, ils…

— Mais, vous lui avez menti !

— Pas tout de suite…

Je lui ai pointé les deux trous béants du fusil en face des narines, histoire qu'il apprécie l'odeur de la poudre.

— Vous n'êtes pourtant pas né le 17 juillet 1960. Qu'est-ce que vous cherchiez à cette date ?

— Ma sœur Suzanne.

C'était donc ça, Suzanne.

— J'ai appris presque par hasard qu'elle existait. Comme moi, elle avait été placée en famille d'accueil dès sa naissance. Je ne savais rien de ce qu'elle était devenue. Juste sa date de naissance. Un jour, par hasard, je suis tombé sur le message de Mathias dans un site celte sur Internet.

— Pourquoi nous tuer ? Vous ne pouviez pas vous contenter de faire joujou entre vous ?

— Parce que je suis le roi et Mathias était mon druide. Nous allions créer une nouvelle force, enrôler des soldats gaulois, lever une armée. Nos femmes n'auraient été que des contraintes. Autant exercer notre pouvoir sur elles. Donner la mort est une forme d'initiation. Créer la peur est un art autrement plus complexe qui demande un certain entraînement.

Ainsi, toute cette mise en scène ne servait qu'un dessein de dictateur en puissance. Il ne pouvait plus s'arrêter :

— Josée a été incapable de me donner des enfants. Son ventre est demeuré plat jusqu'à sa mort, vide, moche. À quoi ça sert d'être femme, si on n'enfante pas ?

— Vous auriez pu adopter…

— NON ! Une femelle doit procréer !

— Vous auriez pu la quitter…

— Une femelle doit pondre !

Je ne pouvais pas entendre ces horreurs. Moi non plus, je n'avais pas eu d'enfants. Et alors ? Nous sommes au XXI⁰ siècle, libres de nos corps. Les hommes nous ont assez culpabilisées. Je voulais l'humilier.

— Le roi et son druide avaient besoin de terroriser des femmes pour se sentir puissants ? Pas très guerrier, comme attitude. Des mauviettes, oui !

Ma réplique l'a frappé de plein fouet. Touché dans son honneur mâle, il a bondi sans que je puisse réagir. Il m'a arraché l'arme des mains et s'est jeté sur moi en hurlant.

15 août

Voisin voyeur

Pourquoi ai-je fait cette insomnie ?

Pourquoi ne suis-je pas resté tranquille dans mon lit à rêvasser, comme je le fais toujours ?

Pourquoi ai-je aperçu cette fumée blanche sortant de la cheminée de chez la Corinne ?

Pourquoi suis-je sorti ?

Pourquoi ? Parce que je suis une bête curieuse. Un indécrottable fouineur.

Dehors, j'ai remarqué au loin la lueur qui avait changé. Depuis son retour, Corinne dormait dans son salon, toutes les lumières allumées et les rideaux grands ouverts. Ça se voyait de chez moi, cet éclat sur la forêt en arrière. Là, le noir avait repris ses droits et je n'ai pas aimé ça. Alors, j'ai saisi mon fusil de chasse. Je ne pensais à rien. J'agissais, voilà tout.

J'ai fait le tour par le chemin du haut, en soufflant tel un bœuf pour progresser le plus rapidement possible.

Comme je le pensais, les rideaux étaient tirés. Derrière, les lampes étaient encore allumées. J'ai abandonné le poste d'observation n° 2 pour me rapprocher. Je prenais des risques certains, mais il le fallait. À l'instinct, j'ai vite coupé au travers du jardin, contournant le pommier où le Pierre avait accroché la corde pour descendre secourir la Josée et prenant soin d'éviter la nouvelle planche qui couvrait le trou maudit.

Ça discutait ferme là-dedans, même si je ne parvenais pas à discerner les paroles. J'ai cherché un coin de rideau mal tiré pour y voir clair. J'ai trouvé mon bonheur au bout à gauche : là où un fauteuil bousculé avait stoppé le tissu. Je me suis écrasé la joue contre la vitre.

La Corinne était assise et semblait discuter ferme avec un homme. Au début, je n'ai pas reconnu son visiteur nocturne. C'est quand il a bougé que j'ai compris qu'il s'agissait du Pierre qui avait rasé sa moustache. Je l'ai revu pareil qu'à sa descente de l'Opel, lorsqu'ils avaient débarqué, il y a de ça plus d'un mois.

Qu'est-ce qu'il fichait ici ? Il venait peut-être pour régler ses comptes, pour l'histoire du couvercle pourri du puits.

C'est la tête de la Corinne qui m'a fait tiquer — terrorisée.

Ils ne se quittaient pas des yeux. Il l'a saisie par les épaules : il la menaçait ! Elle a répondu je ne sais quoi, le ton est monté d'un cran supplémentaire et soudain, il a commencé à l'étrangler. Il était enragé. Je suis resté paralysé deux secondes, et mes réflexes de chasseur ont pris le dessus.

Je me suis relevé, j'ai couru jusqu'à l'entrée. La porte était ouverte, j'ai foncé à l'intérieur et j'ai déboulé en gueulant plus fort qu'un veau. Le Pierre a fait un saut en arrière, lâchant provisoirement la Corinne.

J'ai épaulé. J'ai visé.

J'ai fait mouche du premier coup.

Je me suis précipité vers Corinne : elle avait été miraculeusement épargnée par le tir. Le Pierre avait été touché en pleine tête — les plombs lui arrachant la moitié du visage. J'avais agrippé les premières cartouches qui me tombaient sous la main, et il se trouve que c'étaient mes spéciales pour le sanglier. À quatre mètres de ma cible, vous imaginez d'ici le carnage. C'était dégueulasse. L'homme à terre pesait à peine plus qu'un gros mâle, mais il avait été touché direct dans les centres vitaux. Après ça, on ne pourra pas dire que je gaspille les munitions.

J'ai pris le pouls de la Corinne qui était tombée dans les vapes. Il battait faiblement. J'ai appelé les pompiers.

Et voilà toute l'histoire.

C'est la première fois que je tue un homme. Mais j'ai sauvé une femme, ça devrait compenser. J'aurais peut-être pu en sauver deux, si j'étais intervenu quand la Josée avait disparu sous terre. Rien n'est sûr. L'avenir gardera son secret.

Quelle folie !

J'espère que Dieu ne m'enverra pas en enfer pour ça. Sinon, je ne reverrai jamais ma Yolande qui m'attend au paradis.

Corinne

Je suis à l'hôpital. Mon hôpital. Tout le monde me connaît ici et me dorlote. Il faut dire que je ne suis pas une cliente ordinaire : nouvelle veuve, rescapée d'une tentative de meurtre par strangulation dont le coupable a succombé à une décharge de chevrotines en pleine poire. Merci Fernand.

Cela a parfois du bon d'être curieux. Au moins se sera-t-il vengé du mauvais rôle que Pierre et Mathias voulaient lui faire jouer. Il ne faut jamais sous-estimer son adversaire, quel que soit son âge.

Il m'a appelée ce matin.

— Comment vous sentez-vous ?

— Ça va, merci. Grâce à vous Fernand. Et vous, comment ça va ?

— On en reparlera, quand vous serez sortie.

On s'est tus, comme si nos morts respectifs nous avaient rapprochés et que personne d'autre ne pouvait mieux nous comprendre. Je me sentais libérée d'un terrible poids.

Je savais.

Pierre m'avait éclairée avant d'y passer. Les explications les plus grosses sont souvent les plus difficiles à faire avaler. Il avait tout faux, dans sa paranoïa misogyne aiguë.

Flash-back pré-chevrotines.

Moi, recroquevillée sur le coussin. Pierre, arc-bouté sur moi, décidé à en finir. Le fusil au sol. J'allais finir avec l'eau du bain, c'était tout vu. Il me bavait ses paroles.

— Je haïssais Josée et sa maudite famille nombreuse. Heureusement, Mathias a surgi et j'ai imaginé cette vengeance progressive : la voir peu à peu prendre peur, me délecter de ses terreurs. Elle devait crier pitié. Et quand nos femmes auraient été mortes, nous aurions pu continuer avec d'autres... J'ai adoré la voir désemparée. Je l'avais été si longtemps sans rien exprimer.

Il y eut un silence. Pierre s'est levé, la mine décomposée. On aurait dit une tête de mort, un masque d'horreur posé sur le corps d'un épouvantail.

— Tu as tout détruit, sale fouineuse !

J'étais tétanisée. J'avais effacé la seule chose qui aurait pu donner un sens à sa vie. Moi, pauvre conne, il n'était pas revenu pour m'empêcher de le dénoncer. Il était de retour pour me supprimer. J'étais l'ultime salope sur son passage. L'ennemi à abattre. J'ai fermé les yeux. J'ai senti son souffle, j'ai entendu ses sanglots. Ça allait faire mal. J'ai voulu réagir, bouger, mais c'était trop tard. Il m'a empoigné la gorge.

Je n'étais pas de taille à résister. La pression de ses doigts était trop forte. Il me tenait coincée, appuyant progressivement, histoire de me voir souffrir, de capter la mort lorsqu'elle s'infiltrerait dans mon corps. J'ai perçu toutes sortes de lumières, du rouge, du noir. Ça s'est voilé, la douleur était immense. C'était la fin pour moi et sans doute était-ce tant mieux.

— Toi non plus tu n'as pas été capable de faire d'enfants. À quoi ça sert, ça, alors ?

Il me broyait le sein gauche avec son genou. Une douleur à vomir.

— J'haïs les femmes : des inférieures qui ne peuvent devenir des guerrières, celle qui m'a mis au monde la première. Tu vas suivre Josée. Ensuite, je rejoindrai Mathias. Je sais qu'il m'attend.

Je l'entendais à peine. Plus d'air, plus de sang, plus rien. J'ai dû perdre connaissance. Avant de partir pour le grand voyage, j'ai perçu un dernier fracas provenant du monde des vivants. Un hurlement de bête. Fernand !

L'échange s'est soldé par un score de trois morts et une survivante.

Je dois une explication en bonne et due forme à mon voisin.

Je vais remplir les blancs qui trouent sa connaissance des faits. Il sera sûrement le seul à tout savoir.

Je vais de nouveau mentir par omission aux gendarmes. J'ai préparé la version que je leur servirai : deux morts accidentelles, deux coïncidences malheureuses et un mari traumatisé qui décide de venger la disparition de son aimée.

Adieu donc le druide, le roi, la Québécoise, mon mari, ma Bretagne, mon passé.

Je vais quitter ce pays pour m'installer à Montréal. J'ai lu dans le journal qu'ils avaient besoin d'infirmières là-bas.

Parus à la courte échelle :

Romans :

Valérie Banville
Canons

Patrick Bouvier
Des nouvelles de la ville

Chrystine Brouillet
Le Collectionneur
C'est pour mieux t'aimer, mon enfant
Les fiancées de l'enfer
Soins intensifs
Indésirables
Sans pardon

Marie-Danielle Croteau
Le grand détour

Hélène Desjardins
Suspects
Le dernier roman

Sylvie Desrosiers
Voyage à Lointainville
Retour à Lointainville

Annie Dufour
Les enfants de Doodletown

Andrée Laberge
Les oiseaux de verre
L'aguayo

Anne Legault
Détail de la mort

Jean Lemieux
La lune rouge
La marche du Fou
On finit toujours par payer

Nouvelles:

André Marois
Du cyan plein les mains

Récits:

Sylvie Desrosiers
Le jeu de l'oie. Petite histoire vraie d'un cancer

Guide pratique:

Yves Bernard et Nathalie Fredette
Guide des musiques du monde. Une sélection de 100 CD

Format de poche:

Chrystine Brouillet
Le Collectionneur
C'est pour mieux t'aimer, mon enfant
Les fiancées de l'enfer
Soins intensifs

André Marois
Accidents de parcours

Raymond Plante
Projections privées
Le nomade
Novembre, la nuit